지속가능한
영혼의 이용

The Sustainable Use of Our Souls
Copyright ⓒ 2020 by Aoko Matsuda
All rights reserved.

Korean Translation Copyright ⓒ Hans Media, Inc. 2022 for the Korean edition.
Korean Translation Rights arranged with the Author through Fortuna Co., Ltd.
Tokyo, Japan and Danny Hong Agency Seoul, Korea.

이 책의 한국어판 저작권은 대니홍 에이전시를 통해
저작권자와 독점 계약한 한즈미디어(주)에 있습니다.
저작권법에 의해 한국 내에서 보호를 받는 저작물이므로 무단 전재와 복제를 금합니다.

THE SUSTAINABLE USE
OF OUR SOULS

지속가능한
영혼의 이용

마쓰다 아오코 지음
권서경 옮김

한스미디어

차례

1부 * 7

2부 * 187

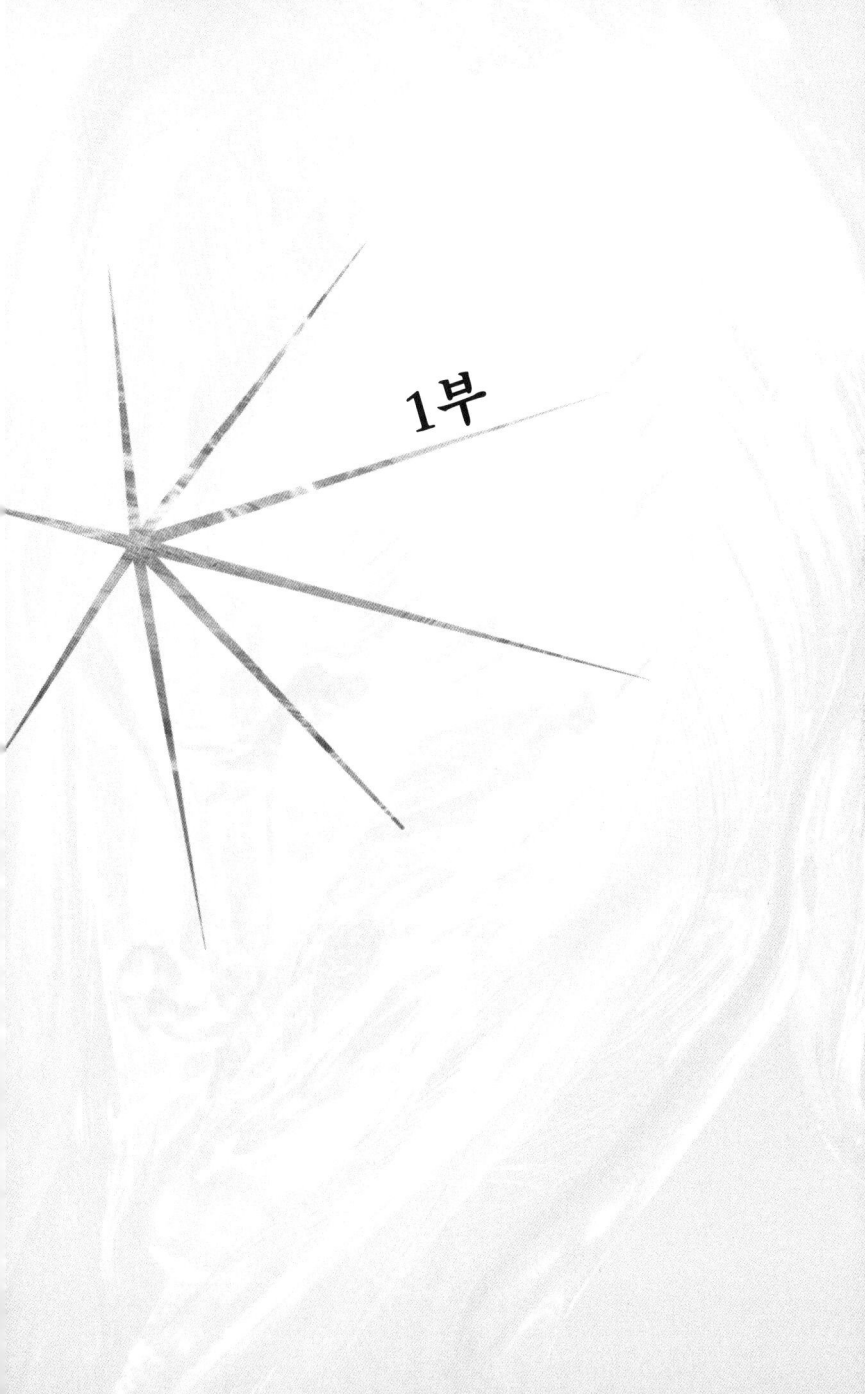

1부

그 사람은 사라진 게 아니야. 당신의 세계에 더 이상 존재
하지 않을 뿐이지.

— 〈소녀혁명 우테나〉

'아저씨'의 눈에 소녀들이 보이지 않는다는 것을 처음 알았을 때 약간의 소란이 일었던 것은 사실이다. 그건 부정하지 않겠다.

무엇보다 당사자인 '아저씨'들이 동요했다.

'아저씨'는 자신에게 일어난 일이 응당 다른 사람들에게도 일어났으리라 믿어 의심치 않았기에 극성스럽게 난동을 피웠다.

다른 사람들에게는 어떠한 이변도 없이 평소와 같은 일상이었으므로 '아저씨'들이 난동을 피우는 모습은 기이하게만 여겨졌다.

의도는 알 수 없지만, '아저씨' 특유의 농담이거나 몸개그이겠거니 생각하며 대부분의 사람들은 진지하게 받아들이지 않았다. 본디 '아저씨'의 말과 행동은 그들 자신이 생각하는 것 이상으로 훨씬 이해하기 어려운 것이었다.

자신들에게만 닥친 상황임을 깨닫고 초조해진 '아저씨'는 한층 소란을 피웠다.

호들갑을 떤들 이렇다 할 효과를 얻지는 못했으나, 머지않아 사람들은 '아저씨'들이 소녀들을 보지 못해 저지르는 괴상한 언행을 보고, 아무래도 진심인 모양이라며 받아들이기에 이르렀다.

'아저씨'에게는 더 이상 소녀의 모습이 보이지 않는 듯했다.

이는 분명 의아한 일이었고, 어떻게든 조치를 취해야 하는 상황이었다.

자신이 '아저씨'라는 사실을 들키고 싶지 않아 소녀가 보이는 척하려는 사람도 있었지만, 앞뒤가 맞지 않는 말과 행동은 감출 도리가 없었다.

'아저씨'는 무척 곤혹스러워했다.

소녀가 보이지 않아 난감하다고 신문에 투고하거나, 잡지에 기사를 내고, TV에 나와 하소연하는 사람도 있었다. '아저씨'는 세간의 동정을 사려고도 했다.

하지만 갑작스럽게 닥친 재난에 어느 정도 이해하는 태

도를 보이면서도 그들이 호소하는 어려움에 진심으로 귀를 기울이거나 직접 나서서 상황을 개선하려는 이는 좀처럼 나타나지 않았다.

가장 큰 이유는 '아저씨'에게서 심각성이 느껴지지 않았기 때문이다.

그들에게서는 어떤 커다란 즐거움을 빼앗긴 듯한 불만이 느껴졌다. 잿빛 일상에 꽃을 곁들여주던 요소가 사라져버림으로써 '아저씨'의 불만은 커져갔다. 업무 태도가 눈에 띄게 불성실해졌고, 스트레스에 시달리는 '아저씨'가 확연하게 늘어났다.

'아저씨'는 언짢아질 대로 언짢아진 나머지 점잖 따위 버리고 어떻게든 해보라며 고압적인 태도로 항의했지만 그때는 이미 누구도 신경 쓰지 않았다.

사태는 그대로 방치됐다.

이를 하나의 불가해한 현상으로 보고 연구를 하거나 분석하는 사람들은 있었지만, 그 역시 대부분이 '아저씨'였으므로 이렇다 할 성과는 내지 못했다. '아저씨'들은 오로지 '소녀들은 왜 사라졌는가' '소녀들에게 무슨 일이 일어난 것인가' 하는 문제만을 논하려고 했고, 자신들에게 무슨 일이 일어났는지, 자신들이 어떤 원인을 제공했는지에 대해서는 결코 깊이 파고들지 않았다.

어쨌거나 '아저씨'들은 자신에게 원인이 있다고는 믿고 싶지 않았던 것이다.

'아저씨'를 진료한 안과 의사는 '특별한 이상 없음'이라고 진단했다.

'아저씨'를 진료한 정신과 의사는 '특별한 이상 없음'이라고 진단했다.

특별한 이상 없음?

정말로?

방관하던 사람들은 끝내 '차라리 이대로 지내는 게 낫지 않겠냐'는 결론에 다다랐다.

그 후로 쭉 '아저씨'에게는 소녀가 보이지 않는다.

우선은 당신이 기억해두었으면 한다. '아저씨'의 세계에서 소녀들이 사라진 그 해를.

한편 소녀들은 처음에는 꽤나 당황했다.

말도 안 되는 일들이 빈번히 발생했다.

소녀의 모습이 보이지 않는 '아저씨'가 즐겁게 무리지어 등하교하는 소녀들에게 부딪혀 휘청거리다가 다시 또 부딪히기 일쑤였고, 전철 안에서 소녀가 앉아 있는 자리를 빈자리로 여겨 그 위에 철퍽 앉으려 하곤 했다.

　제정신이야?

　웃기지도 않아.

　소녀들은 분노했지만 이내 순응하는 법을 터득했다. 어쨌거나 소녀들에게는 '아저씨'가 보였으니까. 이는 크나큰 이점이었다. '아저씨'의 모습이 눈에 띄면 움직임을 예측해서 피하면 그만이다. 식은 죽 먹기였다.

　이제 소녀들에게 '아저씨'는 그저 장애물에 불과했다.

　소녀들은 마치 기둥 사이를 빠져나가듯 '아저씨'를 피해 다녔다. 그들이 기둥과 다른 점이라곤 움직인다는 사실뿐이었다.

　이윽고 소녀들은 익숙해진 번거로움 속에서 즐거움을 찾아냈다.

　수업 중에 선생님 몰래 주고받는 쪽지나 과자 따위처럼. 애초에 소녀들의 특기는 어른의 눈을 피해 비밀을 공유하는 일이었다.

　'아저씨'들이야 알 리가 없었지만, 소녀들은 길을 가는 '아저씨'의 양 옆으로 우르르 갈라서서 모세의 기적을 흉내 내거나, 시치미 뗀 얼굴로 '아저씨' 뒤에 줄지어 서서는 무언의 행진을 하기도 했다.

소녀들은 우쭐해졌다.

소녀들도 여러 부류가 있다. 대범한 소녀와 소극적인 소녀. 반항적인 소녀와 순종적인 소녀. 그리고 그 어디에도 속하지 않는 소녀. 하지만 '아저씨'가 자신들의 모습을 보지 못하게 되자, 그들은 일제히 손을 맞잡고 '아저씨'를 골탕 먹이면서 함께 웃을 수 있었다. 그것은 마치 신의 계시를 받은 것과도 같은 기쁨을 소녀들에게 안겨주었다.

'아저씨'가 소녀들을 보지 못하는 현실은 소녀들의 생활에 큰 변화를 가져왔다.

그것은 가히 극적이라 할 만했는데, 다만 소녀들은 그 변화, 정확히 말하자면 차이를 조금씩 깨달아갔다. 그리고 그것을 뭐라 불러야 좋을지, 저마다 자신의 감각으로 알아냈다.

그것은 자유였다.

소녀들이 가장 먼저 실감한 것은 그들을 주시하는 시선이 눈에 띄게 줄었다는 점이었다.

뺨에, 속눈썹에, 목덜미에, 가슴에, 교복 치맛자락에, 허벅지에, 발목에 어떠한 것도 들러붙거나 엉겨 붙지 않았다.

끈적끈적하고 혐오스러운 느낌이 세상에서 사라지고

없었다.

소녀들은 '시선'으로부터 해방되었다.

세일러복도 체육복도 '아저씨'에게 보여질 일이 없는 이상 별다른 의미를 지니지 못했다. 그것은 그저 세일러복이었고, 체육복이었다. 그저 몸을 감싸는 천에 불과했다. 학교생활에 필요한.

소녀들은 '아저씨'의 시선이나 언행을 숨 쉬듯이 경계하던 날들을 잊어버렸고, 굳었던 몸과 마음은 서서히 풀려갔다.

어른들은 소녀들에게 '아저씨'로부터 몸을 지켜야 한다고 입이 닳도록 말할 필요가 없어졌으며, 딸이 외출할 때마다 잠재적인 불안과 공포로 곤두섰던 신경도 서서히 누그러졌다.

누구도 나서서 말하지는 않았지만, 이는 가히 축복할 만한 변화였다.

하지만 기어코 문제가 발생했다.

당연한 수순이었지만, 소녀들은 축복으로서 주어진 복수를 즐겁게 실천하기 시작했고 그 정도가 점점 심해졌.

복수가 이토록 쉬운 일이었던가.

매일이 '아저씨'에게 되갚아줄 수 있는 새로운 날들의 연속이었다. 소녀들은 복수의 황홀감에 사로잡혀 있었고, 계속해서 새로운 복수 방법을 고안해내기 위해 두뇌를 풀가동했다.

작은 복수.

큰 복수.

자세한 내용은 생략하지만 소녀들의 복수가 결과적으로 불의의 사고로 이어졌고, 최초의 '아저씨' 사망자가 발생하자 대책이 세워졌다.

"앞으로 소녀와 '아저씨'의 생활권을 철저하게 분리한다."

토지 정리가 이루어지면서 소녀들에게 한 구역이 할당되었다.

사람들은 웃는 얼굴로 소녀들을 배웅했다. 소녀들도 웃는 얼굴이었다.

이게 가능한 일이었다면 좀 더 일찍, 몇 세기 전에 진작 했으면 좋았을 것을.

그곳에 있던 모든 이들이 내심 그렇게 생각했다.

이제 와 생각해보면 위협하는 자와 위협받는 자가 생

활권을 공유하는 것은 당치도 않은 일이다. 애당초 '아저씨'를 격리하는 게 옳은 것 아니냐는 목소리도 있었으나, 그럴 수는 없었다. 제도를 만든 사람 역시 '아저씨'였기 때문이다.

도착한 곳은 잘 정비되어 있으면서도 녹음이 우거진 아름답고 쾌적한 땅이었다.

소녀들은 열차 창문으로 환호성을 지르며 손가락 휘파람을 불었다.

그 후로 '아저씨'가 소녀들의 눈에 띄는 일은 없었다.

우선은 당신이 기억해두었으면 한다. 소녀들의 세계에서 '아저씨'가 사라진 그 해를.

✺

 하네다행 비행기 탑승을 기다릴 때부터 이상한 느낌이 들었다. 이유가 뭔지는 알 수 없었지만 마음이 뒤숭숭했다. 하지만 기분 탓일지도 모른다. 원래 공항이란 데가 마음이 뒤숭숭해지는 장소니까.

 일찌감치 탑승 게이트에 도착한 게이코는 가지런히 늘어선 벤치를 뒤로하고 구석 벽에 기대앉아 카펫에 다리를 뻗었다. 앞으로 열 시간은 넘게 답답한 이코노미석에 처박혀 있어야 할 테니, 가능한 한 몸을 쭉 펴두고 싶었다.

 이어폰을 끼고 음악을 들으면서 여행 일기를 쓰거나 책을 읽으며 시간을 보내는 사이, 사람들이 게이트 앞에 하나둘 모이기 시작했다.

 문득 이어폰을 뺀 순간, 방금 전의 그 '이상한 느낌'이 불쑥 게이코 안으로 들어왔다. 하지만 곧바로 다시 이어폰을 꽂은 덕분에 기억에 남을 틈도 없이 금세 잊어버렸다. 옆에 뒹굴고 있던, 일본에서는 판매하지 않는 상표의 레몬에이드를 한 모금 마셨다. 공항 안에 있는 테이크아웃 가게에서 라벨이 귀여워서 산 것이었다. 잔돈을 몽땅 써버리고 싶기도 했다.

게이코는 공항 특유의 뭐라 형용할 수 없는 무늬가 새겨진 빛바랜 카펫 위에 책상다리를 하고 앉아, 그간 밀린 일기를 서둘러 쓰려고 했다.

여행지에서만큼은 일기를 쓰고 싶어서 일본에서 의기양양하게 사 온, 평소에 쓰는 노트보다 조금 비싸고 고무밴드가 딸린 하드커버 노트가 게이코의 무릎 위에 놓여 있었다.

체류하는 동안 일기를 쓰는 건 솔직히 부담스러웠다. 애초에 일기를 써 버릇하지 않았으니, 아차 하는 사이 이삼일 치가 밀리곤 했다. 밀린 일기를 한꺼번에 쓰고 나면 하루 반나절은 우습게 지나갔다. 모처럼 온 해외여행인데 그렇게 시간을 보내는 게 아까워 일기를 계속 써야 하나 수차례 고민했지만, 한 달 동안 캐나다에서 지낼 기회가 흔히 있는 일은 아니기에 마음을 다잡고 일기를 썼다. 카페나 공원에서 평범하게 생활하며 살아가는 사람들 속에 섞여 일기를 쓰고 있자면, 이곳 생활의 일부가 된 것 같아서 내심 흐뭇했다.

조금 전 체크인 카운터에서 공항 직원과 주고받은 대화를 흐트러진 글씨로 써 내려가던 게이코는 웅성거리는 소리에 고개를 들었다. 어느새 탑승이 시작돼 긴 줄이 늘어섰다.

게이코는 서둘러 이어폰을 빼고 일어나 사람들이 모여 있지 않은 벤치를 골라 앉았다. 게이코의 좌석 구역은 아직 호명되지 않았을 터였다. 벤치에 딸린 콘센트를 보고 스마트폰을 충전해야 한다는 사실이 떠올랐지만, 요즘은 기내에서도 충전이 가능하다.

가족 여행으로 처음 비행기를 탔던 중학생 때를 떠올리면 놀라운 변화라는 생각을 하던 중, 또다시 아까와 같은 위화감에 휩싸인 게이코는 멍하니 주변을 둘러봤다.

주위에는 다양한 나라에서 모여든 다양한 언어를 사용하는 사람들이 북적거렸고, 영어에도 다양한 영어가 있었는데, 이는 비단 공항이라는 장소의 특수성 때문만이 아니라, 한 달 동안 체류한 이 나라에서는 지극히 자연스러운 풍경이었다. 이상할 것은 하나도 없었다.

그때 마침 좌석 구역이 호명되어 게이코는 길게 늘어선 줄의 일부가 되기 위해 다시 일어섰다. 비행이라는 이름의 지구전이 시작될 터였다.

하네다 공항에 도착해 긴 통로를 지나고 계단을 내려가 수화물을 찾으러 가던 도중, 게이코는 '이상한 느낌'이 무엇이었는지 곧장 깨달았다.

여자아이들이다.

게이코 옆을 웃으며 지나가는 여자아이들. 게이코와 마찬가지로 비행에 지친 얼굴이었지만, 컨베이어벨트 앞에서 저마다 캐리어가 나오기를 기다리면서 즐겁게 이야기를 나누는 여자아이들. 삼삼오오 무리를 지어 해외여행을 즐기고 돌아온 일본 여자아이들.

게이코는 믿기지 않는 심정으로 그들을 바라봤다. 충격이라고밖에 설명할 수 없는 감정을 느꼈다.

일본의 여자아이들은 매가리가 하나도 없어 보였다.

이전에는 한 번도 그런 생각을 해본 적이 없는데, 일본과 사뭇 다른, 누구나가 자유롭게 행동하던 나라에서 한 달을 지내다 온 게이코의 눈에 그들은 지극히 이질적인 모습으로 비쳤다.

무엇보다, 목소리가 작았다.

여자아이들은 사랑스러우면서도 누구에게도 상처 주지 못할 것만 같은 목소리를 냈다.

고교 시절 배구부였던 게이코에게는 발성이 형편없이 느껴졌다. 마치 온 세상을 배려하려는 듯이, 입술 가운데만을 움직여 내는 소리 같았다. 줏대 없는 목소리. 그렇게 세심한 주의를 기울인 듯한 목소리를 내면서, 정작 본인들은 자기 목소리가 그렇다는 사실을 모르는 것 같았다.

그리고 어쩐 일인지 다들 고개를 숙인 모습이었다. 옆으로 나란히 서서 바닥의 한 점을 응시하듯 바라보며 작은 목소리로 웃고 있었다.

이것이 그들이 즐거워하는 모습이라는 사실이 게이코에게는 더욱 큰 충격으로 다가왔다. 열 시간이 넘는 비행으로 지친 아이들이 온몸으로 즐거워하기를 바라는 것이 무리라는 것은 알고 있다. 하지만 뭐랄까, 뭔가 존재의 근간이 되는 부분이 의심스럽다고 할까.

게이코는 주위를 살펴보았다.

조금 떨어진 곳에 가족과 함께 있는, 아마도 자매 관계인 것으로 보이는 백인 여자아이 두 명이 있었다. 그 왼편에는 아시아계 여자아이들이 모여 있었다. 게이코는 그들이 서 있는 모습이나 대화하는 모습을 보고 역시 어딘가 다르다는 것을 확신했다.

최약체.

불쑥 그 단어가 머릿속에 떠올랐다.

그렇다. 게이코의 눈에는 일본 여자아이들이 최약체로 보였다. 아주 연약한 생명체처럼 보였다. 게이코는 그 사실에 위협을 느꼈다.

 한번 그렇게 생각하자, 공항에서 집으로 오는 내내 여자아이들의 모습만 눈에 들어왔다. 의식하지 않아도 저절로 게이코의 눈이 어색함을 포착했다.
 오랜만에 탄 도쿄 전철 안에서 이리저리 굴러다니는 커다란 흠집투성이 캐리어를 힘겹게 붙들고 앉아 애타는 마음으로 여자아이들을 관찰했다. 어쩐 일인지 이제는 눈을 뗄 수가 없었다.
 가녀린 몸. 얇고 나풀거리는 소재의 짧은 치마. 대부분이 단발이나 긴 머리이고 앞머리와 머리끝이 안쪽으로 살짝 말려 있었다. 가능한 한 자신의 용량을 줄이려는 듯이, 자신을 꾹꾹 눌러 압축하려는 듯이 잔뜩 움츠린 자세였다.
 그 모습은 전철 출입문 위에 달린, 번쩍번쩍 빛나는 작은 액정 화면 속에서 춤추고 있는 여자 아이돌의 모습과 아주 흡사해 보였다. 멤버 수가 많기로 유명하고 심지어 비슷한 그룹이 몇 개나 있어서 게이코는 누가 누군지 알지 못한다.
 저 애들을 따라 하는 거야?

게이코는 대각선 앞쪽에 서 있는 아이에게 마음속으로 물었다.

물론 대답은 돌아오지 않았다.

출입문 위의 화면은 춤추는 여자아이들에서 〈라이온 킹〉 광고로 바뀌었다. 구석진 자리의 유리창에는 '여성전용칸'이라는 오래된 문구가 붙어 있었다. 운영 시간이 아닌 지금, 그 문구를 신경 쓰는 사람은 한 명도 없을 것이다.

대각선 앞쪽에 있는 여자아이는 무표정한 얼굴로 스마트폰 화면을 보고 있었다. 이 아이도 나풀나풀하고 짧은 꽃무늬 치마와 블라우스를 입고, 앞머리와 단발머리 끝을 안쪽으로 말아 넣었다. 새하얀 얼굴은 플라스틱 장난감처럼 뺨과 입술만이 분홍색이다. 꼭 인형 같다.

한 달 동안 게이코가 볼 일이 없었던 차림새를 한 여자아이. 일본 여자아이.

일본에서 나고 자란 게이코는 그때 처음으로 '일본 여자아이'라는 생명체를 만난 것 같은 기분이 들었다. 재미있는 건, 헐렁하고 두꺼운 옷에 야구 모자를 쓴 캐주얼한 차림의 여자아이 역시 근간은 똑같아 보인다는 점이었다. 결국 복장 때문은 아닌 것이다.

이래서는 지고 말 거야.

왠지 그런 생각이 들었다.

무엇에?

누구에게?

왜 그런 생각이 든 건지 의아해하던 찰나, 전철이 역으로 미끄러지듯 들어가고 문이 열렸다.

사람들이 분주하게 이동한다.

구겨진 정장 차림의 남자가 게이코 앞에 서 있던 여자아이 뒤를 지나가면서, 차내가 그렇게 붐비지도 않는데 팔로 그 애의 등을 필요 이상으로 건드리면서 내렸다. 순식간에 지나간 일이었기에 게이코는 남자의 옆얼굴밖에 보지 못했다. 여자아이는 앞으로 비틀거렸지만 얼굴은 여전히 무표정이었다.

전철이 다시 움직이기 시작했다.

지켜보던 게이코의 머릿속에, 이번에는 분명하게 떠올랐다.

이래서는 일본 여자아이들이 지고 말 거야.

얼마든지 잘 수 있었다.

놀라울 정도였다. 어렴풋이 눈을 떠 어스름한 방을 확인하는 둥 마는 둥 하고는 다시 눈을 감았다. 눈을 감자 의식은 곧바로 다시 멀어졌다. 놀라울 정도군, 하고 마치 자신의 주치의라도 된 양 게이코는 그 짧은 순간에 자신이 생각한 것을 마음속 진료 차트에 기록했다.

아니면 그건 꿈이었던가.

눈을 뜨고 꿈이었나 싶었던 이유는, 수많은 짧은 꿈 중 한 편에 의사가 등장했기 때문이다. 흰 가운을 걸친 의사는 침대에서 잠든 환자를 내려다보고 있었다. 그 등을 기억한다. 환자를 조용히 바라보던 등을. 아니면 자신이 생각한 것이 그대로 꿈이 된 걸까.

게이코는 여행 중 쌓인 빨랫감과 함께 닷새간 입고 지낸 트레이닝 바지와 긴팔 티셔츠를 세탁기에 던져 넣고 세면대 아래쪽 수납장에서 액체 세제를 꺼냈다. 뚜껑으로 정량을 계량해 세탁기 모퉁이에 있는 주입구에 흘려 넣었다. 내용물이 거의 남지 않은 플라스틱 용기를 바닥에 내려놓았다. 발로 차면 멀리 날아갈 것만 같은 가벼움이다.

시작 버튼을 누르자 세탁기가 쿵쿵 소리를 내며 돌아가기 시작했다.

나의 세탁기.

발버둥치듯 진동하는 세탁기를 내려다보며 게이코는 생각했다.

나의 세탁기.

혼자 산 지 10년이 넘게 흘렀다.

10여 년 전, 게이코는 반신반의하면서 집을 하나 얻었다. 반신반의하기는 했지만, 작은 집은 그릇으로서 제대로 기능했기에 게이코는 다음 단계에 착수했다. 그릇에 담을 내용물을 구입하기로 했다.

게이코는 냉장고를 샀다. 텔레비전을 샀다.

테이블을 사고, 의자를 샀다.

큰 것을, 작은 것을 샀다.

한 달 치 급여로 생활에 필요한 것을 전부 갖추기란 불가능했다. 게이코는 시간을 들여 하나둘 사들였다.

살 때마다, 그리고 쓸 때마다 게이코는 '나의 냉장고'라고, '나의 차 거름망'이라고, '나의 토스트기'라고 되뇌어 생각했고, 그 사실에 적잖이 놀라곤 했다. 그건 단순한 사실이었지만 다시 생각해보면 터무니없는 것처럼 느껴졌다.

게이코는 세탁기를 샀다.

눈앞에서 덜덜 요동치며 돌아가는 세탁기를 보면서 게이코는 '나의 세탁기'라고 생각했다.

딱 지금처럼.

세탁기는 이제까지 두 번 바꿨다. 게이코는 세탁기가 놓인 세면실을 나와 세탁기로도 빨 수 있는 매트가 깔린 거실로 들어갔다. 현재 게이코의 집에 텔레비전은 없다.

게이코는 몸을 내던지듯 6년 전에 구입한 소파에 드러누웠다. 간만의 노동에 만족한 몸이 이제 그만 쉬고 싶다고 말하고 있었다.

요 닷새 동안 게이코는 오로지 잠만 잤다.

시차증이라고 하기에는 지나치게 흉악한 그것은 게이코를 줄곧 침대에 묶어두었다. 장시간 비행은 누구든 힘들기 마련이지만, 공항을 출발해 겨우 역에 내렸을 때는 게이코는 이미 정신력만으로 움직이고 있었다. 나이 탓도 있을지 모른다.

배터리가 다 됐군.

그렇게 생각한 게이코는 집에서 맘 편히 배터리가 방

전되는 대로 몸을 내버려두기 위해 편의점에서 빵과 젤리 따위의 식량을 잊지 않고 비축해두었다.

　게이코의 예정대로였다면 한 달간의 휴가를 끝낸 다음 날에는 눈이 번쩍 뜨여 다시 가동을 시작했어야 할 몸이, 예상과는 정반대로 수면을 갈망했다. 배설과 식사를 위해 일어날 때마다 이제 새롭게 시작할 수 있겠다고 생각했지만, 몸은 또다시 비틀거리며 침대로 이끌렸다. 먹을 것이 일찌감치 바닥난 뒤에는, 베개맡에 두었던 토론토 공항에서 사 온 지독하게 단 메이플 태피˚가 게이코의 생명을 유지시켜줬다.

　백수라서 다행이야.

　어느 순간에 게이코는 그렇게 생각했다. 이 역시 마음속 진료 차트에 남아 있었다.

　소파에서 꾸벅꾸벅 졸고 있었을까. 게이코는 삐익 하는 요란한 소리에 정신이 들었다.

　현관 초인종 소리, 취사가 완료된 소리, 세탁이 끝난 소리. 일상으로 돌아갈 것을 알리는 소리는 하나같이 기계 소리다. 울린 순간 무언가 저지당한 느낌이 들어 살갗에

˚ 시럽을 끓여 굳힌 사탕.

어렴풋이 소름이 돋지만, 금세 잊어버리고 마는 소리.

일어나려고 시선을 바닥으로 떨구자 혹시 모를 냄새를 날리려고 열어놓은 채 방치해둔 빈 캐리어가 눈에 들어왔다. 여행 중에는 그렇게나 든든했는데, 텅 비우고 나니 얄팍한 게 영 미덥지 못하다.

한 달 동안 지겹도록 입은 몇 벌 안 되는 옷가지를 옷걸이에 걸어 한꺼번에 들고 베란다로 나갔다. 주름도 제대로 펴지 않았다.

오랜만에 본 바깥세상, 베란다에서 보이는 세상이 아주 잠시 낯설게 느껴졌다. 그러나 몇 차례 계약을 갱신하며 지내온 동네의 일상은 몸에 배어 있다. 고작 한 달을 지낸 외국에서의 기억 따위 견줄 바가 아니다. 게이코는 금세 순응했다. 변한 건 아무것도 없다. 여기서 보이는 범위 안에 치과가 세 군데 있다는 점도 변함이 없다. 많기도 하다.

먼지가 살포시 앉은 건조대에 빨래를 걸었다. 빨래가 걸린 옷걸이들은 바람을 맞고 일제히 비스듬하게 기울어졌다.

이게 다 마르면 처음부터 다시 시작할 수 있을 것이다.

틀림없이 다시 힘을 낼 수 있을 거야. 나는 준비됐어.

게이코는 마치 하나의 의식을 끝낸 것처럼 후련한 기분을 느끼며 안으로 들어가 창문을 잠갔다. 문단속은 잊은 적이 없다. 방충망이 쳐진 창문을 열어 환기를 시킬 때를 제외하면 창문은 반드시 걸어 잠갔다. 그런 습관은 이제 사회인으로서 살아가는 게이코의 유전자에 탑재되어 있었다.

예전에 다니던 회사에서 혼자 사는 한 남자 후배가 문을 잠그지 않고 출근했다고 말한 적이 있었다. 그렇구나, 하며 가볍게 웃어 넘겼지만, 내심 충격을 받았다. 일상을 두려워하지 않는 건강한 마음을 앞에 두고 그러는 자신이 한심했지만, 게이코는 조금 상처를 받았다.

이어서 20대 중반에 한때 사귀었던 연인을 떠올렸다. 그는 근처 편의점에 뭔가를 사러 나갈 때면 집 안에 게이코가 있는데도 문을 잠그지 않았다. 그 사실을 알고 게이코는 매번 직접 문단속을 했다.

집에 돌아와 문이 열려 있을 거라 믿어 의심치 않고 손잡이를 확 잡아당긴 남자친구는, 게이코가 문을 열어주자 잠깐인데 왜 문을 잠그냐고 의아해했지만, 의아한 쪽은 오히려 게이코였다.

세상 사람들은 여자는 남자가 있어야 안전하다고 여겼

다. 여자는 남자에게 보호받는 존재라고, 혼자 사는 독신 여성은 온갖 위험에 노출되어 있다고 했다.

위험은 분명 존재한다. 하지만 게이코는 평상시 쌓아올린 방어벽이 남자와 함께 있을 때 오히려 약해지고 허물어지는 느낌을 받을 때가 있었다. 게이코가 느끼는 위험을 감지하지 못하는 상대가 게이코를 지켜주는 것이 과연 가능할까.

나는 혼자 있는 편이 더 강한 게 아닐까.

편의점 봉투를 부스럭거리며 열고 있는 연인의 태평한 얼굴을 보면서 게이코는 생각했다. 추운 날에 아이스크림과 어묵을 사다준 것이 무척 고마웠지만, 그렇게 생각했다. 이렇듯 연인과 함께하는 일상 속에서 강약에 대해 생각하는 자신만이 공중에 붕 떠 있는 것 같은 기분이었다.

왜 말하지 못했을까, 하고 마찬가지로 태평한 후배의 얼굴을 보면서 게이코는 생각했다. 실제로 범죄가 존재하니까, 잠깐이라 해도 불안하니까, 무서우니까 문을 잠가줬으면 좋겠다고 왜 말하지 못했을까.

당시 게이코는 범죄 못지않게 두려웠다. 자의식 과잉 아닐까, 지나친 상상이 아닐까, 상대가 그렇게 생각할까 봐, 성가신 여자라고 생각할까 봐 두려웠다. 게이코는 어렸다.

거실에 들어서자 바닥에 놓인 캐리어가 다시 눈에 들어왔다. 이제 됐겠지. 냄새도 맡아보지 않고 활짝 열린 캐리어를 무성의하게 닫고는 수납장에 밀어 넣었다.

게이코가 잠이 덜 깬 상태로 먹어치운 메이플 태피를 대신해 캐나다의 거리 사진이 인쇄된 얇은 직사각형 자석을 건네받은 가가와는, 냉장고에 붙일게요, 라며 방긋 웃었다. 전체적으로 전근대적 정취가 감도는 자석이다.

약소해서 미안해, 라고 게이코가 말했다.

"아니에요, 진짜 맘에 들어요. 요즘 미술관 다니는 게 취미인데, 미술관 기념품 가게에 가면 이런 거 꼭 있잖아요, 유명한 명화를 자석으로 만든 거. 딱 이런 모양이에요. 몇 번 보다 보니까 예뻐 보여서 모으기 시작했어요. 기념도 되고."

그러면서 가가와는 자신이 가지고 있는 자석의 명화 컬렉션을 나열하기 시작했다.

게이코는 천장이 높고 관엽 식물이 가득한 공간을 둘러봤다. 동네를 벗어나 외출하는 것이 오랜만이라 마음이 소란스러웠다.

이 카페에 들어오기 전에, 약속 시간보다 제법 일찍 도착한 게이코는 세련된 분위기로 유명한 편집 숍에서 시간을 때우려고 했다.

넓은 매장 안을 어슬렁거릴 뿐인데 점원들은 "감사합니다" 하고 인사했다.

아직 아무것도 안 샀는데, 가게 안에 있을 뿐인데, 이동할 때마다 반복해서 날아드는 "감사합니다" 소리에 정신이 아득해졌다. 옷과 잡화를 구경할 마음이 사라진 게이코는 입구에 있는 벤치에 앉아 잠깐 시간을 보냈다.

자꾸 이런 생각을 하는 자신이 싫었지만, 외국에서 돌아온 지 얼마 안 된 게이코는 그 나라 사람들의 의사소통 방식과 삶의 방식이 자신이 사는 나라의 그것과는 전혀 다르다는 사실을 통감했다. 그런 현장을 맞닥뜨릴 때마다 현실이 일그러지는 듯한 감각에 사로잡혀 어질어질했다.

왜 이렇게 다른 걸까.

왜 이토록 부자연스러운 걸까.

게이코는 진심으로 그 이유를 알고 싶어졌다.

구매자와 판매자가 대등한 관계에서 일상적인 대화의 연장에 지나지 않는 이야기를 주고받는 것에 한차례 익숙해진 입장에서는, 점원과 고객을 위아래로 구분하는 과잉 접객이 양쪽 모두에게 대단히 불행한 것으로 느껴졌다. 무언가 중요하고 공정한 것을 잃어버린 것처럼 보였다.

그렇다, 이 불행은 귀국하던 날 일본 공항에서부터 이미 시작되었다.

공항을 나서면 시외버스 정류장에서 표를 받거나 줄을 서도록 안내하는 젊은 직원들이 보인다. 직원과 승객은 절대로 눈을 마주치지 않으며, 그들 사이에는 어떠한 교류도 없다. 그러는 편이 마음 편하다는 걸 서로 암묵적으로 알고 있는 관계. 소통의 차이 그리고 일상의 차이를 사무치게 느끼자, 게이코는 한순간 가슴이 아려왔다. 열렸던 마음이 다시 닫혔다. 그리고 이것이 이곳에서의 일상이었음을 떠올리지 않을 수 없었다.

게다가 젊은 세대가 많이 모이는 동네로 나온 까닭에 여자아이들에 대한 위화감이 되살아났다. 위화감은 거리에 온통 흘러넘쳤고, 웃으면서 이야기꽃을 피우고 있었다.

게이코는 카페에서도 어느 틈엔가 여자아이들에게 시선을 돌리고 있었다. 안쪽으로 말린 컬, 샴푸 광고처럼 동그랗게 윤기가 감도는 앞머리. 컵을 감싸 쥔 가냘픈 손. 손톱에는 부드러운 컬러의 매니큐어. 웃을 때 드러나는 작고 하얀 이.

"얼마 전에 우나미가, 아, 게이코 씨 후임으로 들어온 사람인데요, 자세한 건 기억 안 나지만 아무튼 그 애가 모아둔 돈이 하나도 없다면서 무슨 이야기인가를 했거든요. 그런데 요시다 그 아저씨가 불쑥 끼어들어서는, 돈을 너무 헤프게 쓰는 거 아냐? 난 천만 엔 정도 모았는데, 이러는 거 아니겠어요? 월급이랑 대우가 자기랑 같은 줄 아나? 만약 그게 진심으로 한 말이라면 정말 미친 거 아니에요? 헤프게 쓰긴요. 모을 만큼 돈을 못 받는 것뿐이지."

가가와가 미간을 찌푸리며 못 해 먹겠다는 듯이 말했다.

"여전하구나."

그렇게 말한 뒤 게이코는 무심코 빨대로 음료를 빨아들였는데, 순간 자신이 지금 뭘 마시려고 하는지 잊어버렸다. 어렴풋이 달콤한 액체가 입 안으로 들어왔다. 그래, 아이스티였지.

"여전하다마다요. 하나같이 꼰대에, 말도 안 되는 잘난 척에, 도대체 왜 그러는 걸까요? 매일 출근할 때마다 생각해요. 와, 뭐지, 이 아저씨 지옥은. 완전히 아저씨 밭이라니까요. 그래서 말인데요."

숨을 돌린 뒤 가가와는 게이코의 눈을 빤히 들여다보면서 말했다.

"그런 일이 있고 많이 힘들었겠지만, 그래도 게이코 씨가 그 지옥을 빠져나와서 진심으로 다행이라고 생각해요."

해가 짧아졌다고, 서둘러 지하철역으로 향하며 가가와가 말한다. 바람도 조금 차가워졌다고.

아직 현실로 완전히 돌아오지 못한 게이코는 가가와와 보조를 맞추면서도 마음은 어딘지 모르게 느긋했다.

맞은편에서 정장 차림의 남자가 걸어왔으므로 게이코는 가가와 뒤쪽으로 살짝 비켜섰다. 가쁘게 흔들리는 가가와의 가녀린 어깨가 눈앞에 있었다.

남자가 지나가자 게이코는 다시 가가와 옆에서 나란히 걸었다.

"저기, 가가와 씨, 요즘에도 그 핑크색 스턴건 가지고 다녀?"

"항상 가지고 다녀요."

가가와는 정면을 응시한 채 별일 아니라는 듯 말했다.

지하철역에 가까워지자 인파가 늘었고, 오가는 사람들의 대화나 가두연설로 인해 금세 떠들썩해졌다.

그중에서도 공간을 압도할 만큼 큰 소리를 내고 있었던 것은 빌딩 3층 높이에 설치된 대형 디스플레이였다. 그 요란한 소리에 게이코는 자기도 모르게 고개를 치켜들었다.

화면에 비친 건 한눈에 봐도 아이돌임을 알 수 있는 여자아이들이었다. 주간 랭킹을 발표하는 모양인지, 격렬하게 춤추며 노래하는 뮤직 비디오의 좌측 상단에는 작게 '1위'라는 글자와 함께 그룹명과 노래 제목이 표시되어 있었다. 모르는 이름이었다. 걸음을 늦추지 않는 가가와의 뒤를 쫓으려 게이코가 시선을 돌리려던 순간, 한 여자아이의 얼굴이 클로즈업됐다.

그는 차갑고 쏘아보는 듯한 눈빛으로 게이코를 바라보고 있었다. 상대방의 마음을 움츠러들게 만드는 올곧은 눈. 애교가 없다거나 하는 수준이 아니었다. 마치 세상에 싸움을 걸고 있는 것 같았다. 짧고 검은 머리카락이 그 가슴에 깃든 가시를 대변하는 듯이, 작고 하얀 얼굴 주위로 이리저리 뻗쳐 있었다.

게이코는 멈춰 서서 넋을 잃고 바라보았다.

저 아이가 아이돌이라고?

"왜 그러세요?"

게이코가 따라오지 않는다는 것을 알고 되돌아온 가가

와가 의아한 표정으로 옆에 서 있었다.

　게이코는 가가와의 가느다란 팔을 반쯤 무의식적으로 거세게 잡고 말했다. 그 목소리는 꿈을 꾸고 있는 사람의 그것처럼 나지막했지만, 단호하고 힘이 있었다.

　"가가와 씨, 저 애 누구야?"

❋

　게이코는 인터넷 구인 사이트에서 일자리를 찾기 시작했는데, 그보다 더 열의를 쏟은 일은 동영상 사이트에서 뮤직 비디오나 관련 영상을 체크하는 것이었다.
　대형 디스플레이에서 ××의 눈빛에 압도당한 이후 게이코는 무언가에 이끌리듯 매일같이 인터넷을 열어 ××가 노래하고 춤추는 모습을 감상했고, ××에 대해 검색했다.
　××는 불과 2년 전에 데뷔한 신인 아이돌 그룹의 센터로, 아직 10대였다. 그 애가 소속된 그룹은 히트곡을 잇달아 발표해 현재 절대적인 인기를 얻고 있었다.
　텔레비전 없는 생활에 익숙해져 그쪽과는 담을 쌓고 지내온 게이코로서는 생판 모르는 존재가 단 2년 만에 그렇게 큰 인기를 얻게 되었다는 사실이 조금 당황스러웠지만, 인터넷과 SNS에 ××와 멤버들을 향한 찬사와 비판의 목소리가 쏟아지는 걸 보면서, 원래 이런 세계였지, 하고 수긍했다. 그리고 이 여자 아이돌 그룹이 인기 있는 것이 신선하고 놀라웠다. 그들은 분명 지금까지의 아이돌과는 달랐다.

게이코가 끌렸던 것은 그 그룹의 멤버들이 무대에 오르는 동안 웃는 얼굴을 하지 않는다는 점이었다. 쏘아보는 듯한 눈빛을 한 ××뿐만 아니라, 멤버 모두가 웃지 않은 채 노래하고 춤췄다.

여자 아이돌이 웃지 않는다.

단지 그것만으로 게이코는 스스로도 놀랄 정도의 환희를 느꼈다.

웃는 얼굴, 웃는 얼굴, 웃는 얼굴.

그건 텔레비전 안에서나 밖에서나 일본 여자아이들에게 요구되는 덕목이었다.

일본의 남자들이 일방적으로 요구하고, 마땅히 얻을 수 있는 것이라 믿어 의심치 않는 것. 웃는 게 소심하다, 웃는 얼굴이 활짝 핀 해바라기 같다, 라고 거만하게 평가하고, 무뚝뚝한 여자에게는 여자가 그러면 안 된다고 히죽거리며 충고하고, 결국에는 여자들의 입을 옆으로 벌려놓는 것. 일본의 여자아이들이 어른이 되어서도 벗어날 수 없는 그것.

그 웃는 얼굴로부터 해방된 ××와 멤버들의 에너지는 그들의 재능인 노래와 춤을 발휘하는 데에만 쓰였다.

게이코는 얼마 전 가가와와 만난 날 밤을 떠올렸다.

집으로 돌아와 컴퓨터를 켜고 편의점에서 사 온 액상 요구르트에 빨대를 힘껏 꽂아 넣으면서, 동영상 사이트에 가가와가 알려준 이름을 입력해 맨 위에 뜬 뮤직 비디오를 별 생각 없이 재생한 순간이었다.

어딘지 모르게 불온한 전주와 함께 길에 쓰러져 있던 ××가 일어나 하늘을 향해 주먹을 내질렀다. 뒤에서 달려와 ××에게 합류한 다른 멤버들도 저마다 파이팅 자세를 취한 뒤 남들과 똑같은 삶을 원하는가, 라는 반항적인 메시지의 노래를, 마치 군복 같은 의상을 입고, 마치 군무처럼 절도 있는 움직임으로, 도전적으로 노래하며 춤췄다.

어라.

놀란 나머지 눈앞의 영상에서 게이코는 눈을 뗄 수가 없었다.

영상이 끝나자마자 다시 한 번 돌려 봤다.

마음이 조금 진정되고 나서야 다음 뮤직 비디오로 넘어갔고, 또 몇 번을 본 뒤 그다음 노래로 넘어갔다.

어느 노래나 부조리한 사회, 그리고 사회적 압력에 저항하는 힘에 대해 이야기하고 있었다. 의상은 여느 여자 아이돌 그룹과 마찬가지로 기본적으로는 스쿨 룩이었지만, 그 소재는 거의 군복처럼 두툼해서 빙글빙글 돌아도 밑에서 보이는 건 어두운 색상의 반바지였으므로 영상을 안심하고 볼 수 있었다.

그리고 독특한 안무와 강렬한 댄스. 마치 공포 영화에 나오는 소녀의 혼령을 연상케 하는 흑마술 같은 춤을 추는 노래도 있었다.

어느 노래에서든 그들은 멋있었다.

아이돌 같지 않은 노래를 부르고 아이돌 같지 않은 춤을 추고 아이돌 같지 않은 의상을 입은, 웃지 않는 아이돌은, 웃지 않는 ××는, 그들은, 멋있었다.

늘 웃는 얼굴을 장착하고, 교복 같은 의상을 입고, 나풀거리는 짧은 치마 밑으로 '보여도 되는 속바지'를 보이며 춤추고 노래하는 수많은 여자 아이돌을 보는 것이 언제부터인가 힘들게 느껴졌던 게이코는 그렇지 않은 여자 아이돌의 모습을 보는 것만으로도 구원을 받은 기분이었다.

××와 그 멤버들을 보고 있자면, 게이코는 자신이 이런 부분에서조차 상처를 입고 있었음을 자각할 수 있었다.

남성에게 사랑스럽게 보이기를, 그리고 순종적이기를 강요당하는 여자아이들의 모습이 끊임없이 텔레비전에서 흘러나오는 일상에. 현실 세계에서 벌어지는 일이 텔레비전 속에서도 그대로 재현되고 있는 것에.

지켜보는 게이코가 이럴 정도인데 본인들은 얼마나 상처를 받았을까. 그룹의 규칙을 어겼다고 처벌을 받거나('이성과 밀회'를 했다는 이유로 머리를 밀어 사죄하던 아이마저 있었다), '건강상의 이유'로 활동을 중단하거나, 아이돌 활동 자체를 '졸업'하거나 하는 여자 아이돌의 뉴스를 접할 때마다 가슴이 아팠다. 스토커 문제라든지 악수회[*]에서 발생한 '트러블' 등 사건으로 다루어져서 보도되는 경우도 있었지만, 그 후에도 근본적인 대책은 세워지지 않았다.

아이돌뿐만이 아니다. 텔레비전 속에서 매분 매초 재현되는 수많은 성폭력과 성차별을, 어릴 때부터 줄곧 봐왔던 그것들을, 어느 날 문득 더는 견딜 수가 없어져서 게이코는 텔레비전을 끊었다. 광고나 인터넷 뉴스 같은 일상생활에서 접하는 모든 매체를 차단하기란 애당초 불가능한 일이었지만, 텔레비전이라는, 꼭 봐야 하는 줄로만 알았던 선택지를 버리고 나자 마음이 한결 편해졌다.

그리고 지금, 게이코는 ××의 존재를 알게 되었다.

그러나 ××가 소속된 그룹이 아무리 마음에 들어도,

---

[*] 일종의 팬 미팅으로 스타와 악수하는 것을 목적으로 하는 행사.

또 좋아졌어도, 그들 역시 언제부터인가 일본에서 주류로 자리 잡은 공장형 아이돌 시스템의 일부라는 사실을 외면할 수는 없었다.

나풀거리는 의상을 입고 웃는 얼굴로 노래하는 아이돌들도, 두꺼운 의상을 입고 무표정으로 춤추는 ×× 그룹도, 모두 한 명의 남자에게 프로듀싱되고 있다. 오랜 세월 권력을 쥐고 일본 연예계에 군림하는 남자다.

그렇다면 게이코에게 상처를 준 것도, 게이코를 구원한 것도 동일한 그 한 명의 남자라고 할 수 있었다. 인정하고 싶지는 않았지만 사실이었다.

배후에는 그 남자가 있다. 여자아이들을 조종하는 많은 남자들이 있다. 그러한 구조가 꾸준히 유지되어왔다.

그렇게 생각하고 나자 군집하지 말라, 남과 다름을 두려워하지 말라, 라고 완벽하게 일치하는 동작으로 춤추고 노래하는 그들이 어쩐지 지독한 농담이나 커다란 모순처럼 느껴졌다.

어떤 꿍꿍이가 있을지도 모르지.

게이코는 생각했다.

예컨대 그들의 춤과 의상을 멋있다고 여기게 함으로써 젊은이들에게 군국주의적 세계관을 주입하려고 한다든지.

작금의 일본 사회를 생각하면 이는 아주 악랄한 짓이었다.

그런데도 게이코는 몰두해 있었다.

××에게, ×× 그룹에, 몰두했다.

구직 활동은 제쳐둔 채 반복해서 영상을 재생했고, 곡을 다 파악한 뒤에는 방송에 출연한 영상과 거기에 남겨진 방대한 양의 댓글, 멤버들의 블로그, 그리고 팬 사이트를 훑어보았다. 정보가 스며들듯 게이코 안으로 들어왔다. 그렇다, 좋아하는 마음이 있으면 정보는 스며드는 법이다. 좋아하는 것은 스며든다.

잡지에서 연예인 사진을 오려내 스크랩하던 10대 시절의 감성을 잊은 지 오래된 사람으로서, 오랫동안 누구에게도 두근거림을 느끼지 못했던 사람으로서, 이 감각은 아무리 생각해도 사랑에 가까웠다.

이게 바로 '최애'인가.

애니메이션, 다카라즈카 가극단˚, 피겨 스케이팅 등 각자의 최애에 매진하는 동료와 친구들이 부러웠던 게이코는 자신에게 최애가 생겼다는 사실이 단순히 기뻤다. 아직 집에서만 즐기는 수준이었지만, 재활 치료를 한다는

˚ 여배우들로만 구성된 일본의 가극단.

느낌으로 인터넷에서 신곡 CD를 한 장 주문해봤다. 여러 버전의 앨범 재킷 중에서 ××의 옆모습이 클로즈업된 것을 골랐다. 음악을 CD라는 형태로 가져보는 건 정말 오랜만이었다.

물론 ×× 그룹을 알아갈수록 게이코가 좋아하지 않는 부분도 발견되었다.

그토록 멋있는 퍼포먼스를 보여주는 멤버들이 무대 밖에서는 작은 소리로 키득키득 웃으며 속닥거리는 여자아이가 되고 마는 것이다. ××마저 그랬다. 하이틴 잡지에 수영복 화보가 실린 멤버도 있었다. 그 두꺼웠던 옷이 마치 거짓말이었던 것처럼 거기에서는 여자의 몸을 드러내고 있었다.

게이코는 그 모든 것이 마치 남자들을 안심시키기 위한 전략처럼 느껴져 화가 치밀었다. 드세기만 한 건 아니에요, 멋있기만 한 건 아니에요, 우리도 연약한 보통의 여자아이랍니다, 라고 안전책을 마련해둔 것처럼 보였다.

그렇게 생각하면 슬프기에, 게이코는 방송 출연 영상을 볼 때면 앞부분의 토크 장면을 건너뛰었다. 무대가 시작되고 마치 홀린 듯이 열정적으로 춤을 추는 그들을 보고 있노라면 자신이 왜 그들을 좋아하는지 명확하게 이해할 수 있었다. 어쩌면 이 흑마술 같은 춤으로 그들을 조종하는 남자들을 죽일 수 있지 않을까, 언젠가는 이 춤으로 정말 죽여버리지 않을까, 하고 굳게 믿게 될 만큼 기백을 느끼는 것이다. 거기엔 희망이 있었다. 확실한 희망이.

그리고 배후에 있는 남자들에게 다른 의도가 있다고 해도, 이 그룹의 멋진 퍼포먼스를 본 젊은 세대는 그 뒤에 누가 있든 신경 쓰지 않고 노래의 의미만을 있는 그대로 받아들일 가능성이 높지 않을까.

게이코는 그 가능성에 희망을 걸어보고 싶었다.

…………
…………
…………
……가 ××보다 예쁘지.
××는 압도적인 미소녀야.
너 미소녀가 뭔지는 아냐?
나도 여자지만 ××가 좋아.
×× 존재감 대박.
××가 미소녀가 아니면 누가 미소년데?
…………

…………

　…………

　게시판에 적힌 글을 보면서 게이코는 자신의 입장이 아주 미묘하다고 생각했다.

　지금 게이코는 좋아하는 사람을, 좋아하는 그룹을, 좋아한다고 말로 표현하기를 주저했다. 성별이나 나이의 문제가 아니다. 누가 언제 무엇에 빠지든 개인의 자유다. 그 정도는 게이코도 잘 안다. 그건 일본 여자들이 시간을 들여 구축한 전제였다. 그런 이유가 아니라, 좋아한다고 입 밖에 내면 ×× 그룹을 조종하는 남자들을 긍정하는 것만 같은 기분이 들었기 때문이다. ×× 그룹을 남들과 똑같이 소비하는 것 같은 기분이 들었기 때문이다. 좋아하는 사람을 거리낌 없이 좋아한다고 말할 수 없는 구조가 존재했다.

　하지만, 좋다.

　이 모순을 해소할 방법이 지금의 게이코로서는 없었다.

　"왜 갑자기 그런 데 빠졌어? 언니 몰라? 일본의 아이돌 문화는 로리콘* 문화에다가 성착취라고 외국에서는 평판

----

* '롤리타 콤플렉스'의 일본식 줄임말.

안 좋다는 거."

영상 통화를 하던 중 어떤 이야기를 나누다가 게이코가 아이돌 그룹의 팬이 되었다는 말을 꺼내자, 미호코는 아니나 다를까 어이없다는 반응을 보였다.

"나도 아는데, 빠진 걸 어쩌겠어."

"거기 있으면 둔해지니까 외국 뉴스라도 봐. 근데 돌아가자마자 그게 뭐야? 여기 온 의미가 없잖아."

"그렇긴 하지."

"그건 그렇고, 아까 말한 대로 거기서 직장 못 구하면 언제든 이쪽으로 와도 돼. 잊지 마. 인생 팁이야."

뒤에서 미호, 하는 목소리가 들리자 미호코는 어이쿠, 그럼 이만 끊을게, 하고는 영상 통화를 종료했다.

게이코도 통화 화면을 끄고는 다시 동영상 사이트를 열어 ×× 그룹이 나오는 영상을 재생했다. 강렬한 눈빛의 ××를 보고 있자니, 그들의 춤을 보고 있자니, 어쩐지 눈물이 나올 것 같았다.

잠시 후 허기를 느꼈다. 그럼에도 게이코는 그들을 보는 것을 멈출 수 없었다.

············

············

············

······가 ××보다 예쁘지.

××는 압도적인 미소녀야.

너 미소녀가 뭔지는 아냐?

나도 여자지만 ××가 좋아.

×× 존재감 대박.

××가 미소녀가 아니면 누가 미소년데?

············

············

············

 눈앞을 흘러가는 낯선 단어에 입 안이 순간 바르작거렸다.

 이상한 말이다.

 서로의 얼굴을 쳐다보자, 어느 얼굴이나 입은 일그러졌고 콧구멍은 벌렁거리고 있다. 치요의 얼굴은 이미 시뻘겋다.

"미소녀."

"미소녀."

"미소녀."

저마다 소리 내어 말해본다.

입 밖으로 내자, 마치 그 단어가 입술 위를 기어 다니는 것 같아서 괜스레 근질거렸다. 도저히 참을 수가 없어서 숨을 내뱉었다.

"미소녀래."

"그게 뭐야?"

"웃긴다."

"웃겨."

푸흡 하고 한꺼번에 터져 나온 숨 위로 웃음소리가 포개져 도서실에 울려 퍼진다. 평소에도 잘 웃는 치요는 눈물을 흘리고 있다.

'소녀'라는 단어 앞에 '미美'가 붙었다. 단지 그뿐인데 왜 이리도 웃긴지. '미'와 '소녀', '소녀'와 '미'. 지금껏 두 단어가 함께 사용되는 경우는 없었다.

"미소녀."

"미소녀."

"미소녀."

말하면 말할수록 점점 우스워져서 배를 부여잡고 발을 구르며 웃었다. 몇 번을 말해봐도 어떤 의미의 단어인지 가늠이 되지 않는다.

"잠깐만, 진정하자."

조장인 미카가 숨을 몰아쉬며 말한다. 입에서 떨어진 침을 실내화 바닥으로 쓱쓱 문지르자 뻑뻑 하고 귀에 거슬리는 소리가 났다.

미카의 한마디에 다들 고분고분 따르며 흐트러졌던 몸을 쭉 편다. 그리고 심호흡.

"아무튼, 그 뭐야, ××를 형용하는 말로 '미소녀'가 쓰였다는 뜻이겠지."

먼저 숨을 돌린 후미코가 그렇게 말하면서, 양쪽 검지에 혼신의 힘을 담아 볼에 난 여드름을 짠다. 안에서 빠져나온 동그란 피지가 피융 날아간다.

"하지 마, 복수할 거야."

날아온 피지 덩어리가 유키에의 치마에 보기 좋게 착지했다. 유키에가 펄럭거리며 옷자락을 턴다. 유키에의 볼에도 커다란 여드름이 두어 개 빨갛게 농익어 있다.

요 며칠 유키에는 여드름을 만질 때마다 아직 아니야, 하고 말했다. 우리도 확인차 유키에의 볼에 난 여드름을 만져보고는 그 말에 동의했다. 말할 것도 없이 여드름은 가장 커졌을 때 짜야 한다. 그러지 않으면 재미가 없다. 살갗을 찢고 피지가 나오는 순간, 자신의 몸이 이런 쾌감을 만들어낼 수 있다는 사실에 매번 황홀해진다.

"그런 거겠지? 이상해. '소녀'에 '미'를 붙이다니, 웃기지 않아?"

"응, 보통은 안 그러잖아."

물음표가 떠오른 얼굴들을 둘러본다.

'미소녀'란 즉 '아름다운 소녀'라는 뜻일 것이다. '소녀'란 일반적으로 우리 또래의 여자를 가리킨다. 우리보다 조금 어리거나 조금 많아도 '소녀'에 포함된다. 그 '소녀'에 아름답다는 뜻의 '미'가 붙어 있다. '아름답다'라는 말의 사용례는 아름다운 꽃, 아름다운 노을 등으로, 주로 감상하는 대상에 쓰인다.

"미소녀."

생각할수록 이해가 가지 않아서 또 웃음이 나온다. 둘러보니 다들 입가가 씰룩거리고 있다.

"일단은 말이야, 이런 단어가 쓰이던 시대의 사회적 배경부터 조사해봐야 하지 않을까?"

치요가 냉정함을 가장하고 말했지만, 입꼬리가 움찔거

리는 것으로 보아 가라앉지 않는 웃음을 필사적으로 참고 있는 게 분명하다. 치요는 역사를 좋아한다. 이유는, 거짓말 같은 일들이 잔뜩 일어나서 지겨울 틈이 없기 때문이다.

"그게 좋겠다."

"나이스, 치요."

"××가 '미소녀'인지 아닌지 이렇게까지 집요하게 논의되었던 걸 보면 중요한 내용일지도 모르겠어."

"그럼 두 팀으로 나눌까?"

가위바위보를 하기 위해 다섯 개의 주먹이 한곳으로 모인다.

요즘 우리가 즐겨하는 가위바위보는 주먹으로 서로의 주먹을 세게 쳐서 아프다는 소리를 안 하고 버티는 사람이 이기는 방식이다. 참을성이 강한 후미코가 유리하지만, 인정사정없는 유키에의 공격도 얕볼 수 없다. 손가락 털이 덥수룩하면 방어벽이 되어 덜 아프다는 사실을 얼마 전에 깨닫고 내가 몰래 기르기 시작한 것은 아직 아무도 눈치채지 못한 것 같다.

주먹으로 서로의 주먹을 때리고 있자니 점점 숨이 거칠어졌다. 교복 안에서 겨드랑이가 땀으로 축축해진다. 혼신의 힘으로, 치고 또 친다.

"그런데 조별 발표는 모레잖아. 그렇게까지 하면 시간 안에 못 끝내지 않을까?"

문득 정신이 든 미카가 그렇게 말하더니, 주먹을 얼른 보자기로 바꿔 아직까지 치고받고 있는 네 개의 주먹을 위에서 저지했다.

"정보 중 하나라고는 해도, 그게 ××를 나타내는 단어로서 얼마만큼 중요했는지는 아직 모르잖아. 일단은 주제에 맞게 ××를 조사하는 데 집중하고, 시간이 남으면 그때 알아보자. 우리 이번 발표, 어중간하게 하면 안 되는 거 알잖아. 아카네도 이대로는 아쉽지 않겠어?"

미카가 내 얼굴을 쳐다본다.

이제 곧 학기 말이다. 지난달 웅변대회에서 마무리를 담당했던 내가 재채기를 연발하는 바람에 꼴등이라는 불명예를 안게 된 우리 조에게, 이번 학기에 명예 회복을 할 수 있는 기회는 이 발표밖에 남지 않았다.

맞는 말이다.

우리는 진지한 얼굴로 고개를 끄덕이고는 벌게진 주먹을 거두었다.

❋

　미호, 하고 이름을 부르며 방으로 들어온 엠마가 미호코의 뒤통수에 가볍게 입을 맞췄다. 왼손에는 맥주 두 병이 들려 있었다. 엠마는 손이 크다.

　미호코는 컴퓨터 전원을 끄면서 팔을 뒤로 뻗어 엠마의 어깨 언저리를 어루만졌다.

　"게이코가 뭐래?"

　화면이 까맣게 변한 걸 확인하고 노트북 덮개를 탁 소리 나게 덮은 뒤, 미호코는 엠마 쪽으로 몸을 돌려 차가운 맥주병을 받아 들었다.

　"차가워."

　미호코가 웃으면서 말했다.

　캐나다에서 살게 된 뒤로, 일본이었더라면 말로 하지 않았을 법한 사소한 것들까지 무엇이든 소리 내 말하게 되었다.

　자국어로 생활할 수 없게 되자, 언어 문제로 표현하지 못하는 상황이나 감각들이 생겼다. 그래서 아무리 사소한 것이라도 자신이 명확하게 말할 수 있는 것은 전부 말로써 엠마에게 전하고 싶었다. 자신이 다양한 생각을 하고 느끼는 인간이라는 것을, 지금 그의 곁에서 다양한 것을 느끼며 함께 살아가고 있다는 것을 전하고 싶었다.

"잘 지내나 봐. 그런데 웬 일본 아이돌한테 빠졌대."

"아이돌? 남자? 여자?"

"여자."

그거 재밌네.

엠마는 그렇게 말하면서 중고 매장에서 구입한 보풀이 일어난 소파에 걸터앉았다. 둘이서 첫눈에 반한 소파다. 미호코도 자리에서 일어나 그 옆에 앉았다.

방금 전까지 노트북으로 게이코와 이야기를 나누던 소박한 작업 공간은 엠마와 함께 사용하는 곳이다. 몇 년 전에 공동으로 세운 사업체 'FUROSHIKI'(후로시키°)는 아직 자리를 잡지 못한 상태다. 그래서 미호코는 토론토에 거점을 둔 일본 재단에서 이벤트 매니저로 일하고 있고, 미술대학에서 디자인을 공부한 엠마는 후로시키 디자인을 담당하는 한편으로 팸플릿이나 명함 디자인 등 잡다한 디자인 일을 받아서 하고 있다.

"요즘 인기가 엄청나대. 왜, 일본에서 계속해서 새롭게

° 일본 전통 보자기.

쏟아져 나오는 걸 그룹들 있지? 그 기분 나쁘게 생긴 아저씨가 프로듀싱하는 그룹들. 게이코도 거기에 푹 빠져서 헤어 나오지 못하고 있나 봐."

미호코는 맥주병을 입에 댄 채 말했다. 차갑고 매끈거리는 동그란 주둥이에 입술을 포개는 게 어쩐지 기분 좋다.

"아니, 그러면 어린 여자애들이나 보면서 헤벌쭉하는 일본 남자들이랑 뭐가 달라. 아이돌 하겠다는 여자애들도 참 답답해. 제 발로 성착취당하러 걸어 들어가는 꼴이잖아."

"시스템에 문제가 있다고 해서, 실제로 그 안에서 아이돌로 활동하고 있는 여자애들까지 부정하는 건 잘못된 거 아닐까?"

엠마가 젖은 입술을 닦으며 말했다. 병은 이미 거의 비어 있었다.

"일본의 회사나 사회 구조에 문제가 있다고 해서 그 안에서 일하고 생활하는 일본 여성까지 부정당한다면, 억울하지 않겠어? 웃기지 말라는 소리가 절로 나올걸. 그건 어느 나라든 마찬가지겠지만."

엠마는 다 마신 맥주병을 협탁 위에 놓고 기지개를 쭉 펴면서 말을 이었다.

"잘은 모르지만, 일본은 특히나 안 좋은 의미로 여성에게만 초점을 맞추는 나라잖아. 가부장제가 뿌리 깊게 박혀 있다고 할까. 여성을 그렇게 만드는 남성의 존재는 무시하고 여성만을 문제 삼고 비난하는 것을 당연하게 여겨. 그 구조 자체는 결코 문제시하지 않고 말이야. 남자들은 그냥 투명인간인 셈이지."

아주 느긋한 말투였다. 마치 낮에 마시는 맥주는 참 맛있어, 라고 하는 듯이.

안개처럼 뿌옇고 답답한 마음을 단숨에 언어화하여 정리해주는 엠마와, 이곳에서 만난 다양한 나라의 사람들을 미호코는 언제나 경탄의 눈길로 바라봤다. 비단 언어 능력의 문제가 아니라, 그들은 자신의 생각과 감정을 말로 표현하는 데 익숙했다. 미호코는 이 나라에 온 뒤로 매일 통감했다. 자신은 자신의 의견이나 감정을 말로 표현하는 방법을 배우지 못했다고.

돌이켜보면 늘 그랬다.

10대 때부터 미호코와 주변 여자아이들은 희미하고 뿌연 안개 속에서 지냈다. 누군가 자신의 의견을 분명하게 얘기하면 모두 눈을 동그랗게 뜨고 어렴풋이 웃으며 흘려버렸다. 흘려버리는 법만을, 주변에 맞추는 법만을 배웠다.

성인이 되어서도 마찬가지였다. 배울 때도, 일할 때도,

놀 때도, 사랑할 때도, 누구를 만나더라도 모든 것은 안개 속에 있었다.

아무리 발버둥 쳐도 안개는 걷히지 않았다. 그러기는커녕 점점 짙어졌다. 친해진 사람에게 이 안개가 보이는지 넌지시 물어본 적이 몇 번인가 있었다. 보이지 않는다고 했다. 정말로 이 안개가 보이지 않는다는 말인가. 미호코는 놀라움에 정신이 아찔했다.

20대 중반, 모든 것이 숨이 막혀 참을 수 없었던 미호코는 방황하기 시작했고, 색채 감각이라고는 전무한 시부야의 한 클럽에서 투우사 같은 몰골로 디제이 비슷한 일을 했다. 그곳에서 대형 영어회화 학원의 강사 자리를 얻어 일본에 와 있던 엠마를 만났다. 서로 어중간한 영어와 일본어를 구사해 사랑을 키웠고, 그러다 결혼이 하고 싶어져 반쯤 홧김에 엠마가 태어나 자란 나라로 함께 떠났다.

도망쳤다, 라는 말로밖에 설명할 길이 없었다. 미호코는 일본에서 도망쳤다.

"알지. 나도 그게 싫어서 일본을 떠난 거니까. 오히려 잘 아니까, 그 안에서 만족하며 살아가고 있는 여자들이 더 안타까운 거야."

게이코를 떠올리며 미호코는 한숨을 내쉬었다.

한 달간 미호코의 집에 머물렀던 세 살 많은 게이코는, 처음 왔을 당시에는 몸과 마음이 지칠 대로 지쳐 완전히 망가진 상태였다. 야위고 늙은 개를 떠올리게 했다. 그 모습은 미호코가 엠마와 들뜬 신혼 생활을 누리던 지난 몇 년 동안에 게이코의 심신에 축적된 일본 사회의 어둠을 그대로 대변해주고 있었다. 게이코가 들려준 이야기 또한 잔혹했다.

햇볕이 내리쬐는 거리로 매일 끌고 나가서 이것저것 닥치는 대로 먹이다 보니 게이코는 날로 기력을 회복했고, 이내 혼자서 외출하기 시작했다.

"이 나라라면 살 수 있을 것 같아."

"이 나라라면 살 수 있어."

"이 나라에 살고 싶어."

외출에서 돌아온 게이코는 이따금씩 잠꼬대처럼 되풀이했다. 미호코는 걱정이 되면서도, 정 그러면 언니도 이민을 오면 좋을 텐데, 하는 생각을 하기 시작했다.

이곳에는 그런 식으로 모인 사람들이 많이 살고 있었다. 망명을 하거나, 도망을 치거나, 더 나은 삶을 위해 이주민이 되었다.

I want more(나는 더 많은 걸 원해).

처음 그 말을 들었을 때 미호코는 당황했다.
왜 이 나라에 왔어?
캐나다에 온 지 얼마 안 됐을 무렵, 미호코는 상대가 자신과 같은 이주민이라는 사실을 알게 되면 매번 그렇게 물었다.

I want more.

저마다 고국의 역사와 사회 정세와 법률에 대해 이야기했는데, 그중에 그렇게 짤막하게 덧붙이는 사람이 있었다.
자신도 원해서 온 것이었지만 도망치듯 일본을 떠나온 것이 왠지 떳떳하지 못했던 미호코는, 그런 말을 해도 되는 건가 싶어 당혹스러웠다. 게다가 미호코가 살던 나라는 아이들에게 '욕심을 내지 말라'고 가르쳤다. 특히 여자는. 모난 돌이 정 맞는다, 라는 속담이 있을 정도였다. 특히 여자는. "원하지 않겠습니다, 이길 때까지"라는 슬로건으로 전쟁을 이겨내려고 했던 역사는 그리 먼 과거가 아니다.

I want more.

그렇게 당당히 말하는 사람들과 지내다 보니, 미호코는 자신도 다르지 않다는 사실을 깨달았다. 그렇기 때문에 이곳에 있는 것이다.
나는 더 많은 걸 원해.
미호코는 그것을 당연한 것으로 여길 수 있게 된 것이, 말할 수 있게 된 것이 기뻤다. 더는 사람들에게 이곳에 있는 이유를 묻지 않게 되었다. 이 한마디만 있으면 다른 이유 따위 필요 없었다.

I want more.

게이코도 그렇게 생각했으면 했다. 그렇게 말해주기를 바랐다.
함께 지낸 한 달 동안 매일 무언가를 노트에 적던 언니의 진지한 옆얼굴을 떠올렸다. 게이코는 옛날부터 잘 달아나지 못했다. 어린 시절에 동네 아이들과 놀 때면, 술래잡기를 하건 숨바꼭질을 하건 피구를 하건 늘 마지막까지 살아남는 건 미호코였다. 장난을 치다가 들켰을 때 어른들에게 잡혀서 혼나는 건 게이코의 몫이었다. 친할아버지가 '받드는敬 아이子'라고 이름을 지어준 탓일까, 약지 못한 언니를 보며 그렇게 생각하곤 했다.

열린 창문으로 오가는 사람들의 떠들썩한 소리가 들려온다.

헌책방과 레스토랑과 유기농 카페가 늘어선, 거짓말처럼 활기찬 거리. 개성 있는 중고 가구로 장식된 엠마와 미호코네 아파트는 낡고 작은 건물로, 일 층에는 맛있는 타코 가게가 있어서 아주 편리하다. 이제는 두 사람의 주식이 되었다. 타코 최고. 오늘 저녁에는 엠마와 쌀국수를 먹으러 차이나타운에 갈 예정이다.

새로 생활하게 된 이 나라에도 물론 차별은 존재하고, 문제도 얼마든지 있다. 무서운 일도 겪곤 한다. 그렇지만 더 많은 것을 원하는 마음을 채워준 나라에서 살고 싶다고, 방으로 흘러드는 가지각색의 소리를 들으며 미호코는 생각했다.

"미호."

옆에 있던 엠마가 무슨 생각을 하냐며 미호코의 머리를 감싸 안았다.

그렇다, 무엇보다 자신에게는 엠마가 있다. 미호코는

엠마의 어깨에 머리를 기댔다.

요즘은 자신의 이름을 한자로 떠올릴 일도, 적을 일도 거의 없다. 자신에게 중요한 건 말끝을 부드럽게 올려 부르는 "미호"라는 울림뿐이다. 원하는 대로 살 수 없다면 태어나 자란 나라의 정체성 따위 무슨 의미가 있을까. 미호코는 이제 조금도 이해할 수 없었다.

'여성 클리닉'이라는 문구에 위화감과 안도감을 동시에 느끼는 것은 왜일까. 내과나 이비인후과처럼 보통 일상적으로 다니는 병원은 '여성'의 것이 아니었다는 말인가, 하고 무심결에 생각할 만큼 '여성 클리닉'이라는 말에는 꺼림칙함과 임팩트가 있었고, 동시에 '여성'의 것이라고 명확하게 정의된 병원이 있다는 것에 안심이 되기도 했다.

 하얀 대기실의 하얀 인조가죽 소파에 앉은 게이코는 온통 하얀 주변을 멍하니 둘러봤다.

 관엽 식물이 있고, 작은 선반에는 여성잡지와 정보지가 몇 권 꽂혀 있었다. 오르골풍의 음악이 나른하게 흐르는 가운데, 고개를 숙인 채 스마트폰을 보는 여성들.

 스마트폰이 보급된 뒤로는 이런 대기실에서 잡지를 읽는 사람이 줄어들었다. 선반에서 움직일 일 없는 표지 속 여성들의 웃는 얼굴은 하나같이 묘하게 아주 또렷했다. 그중 한 명은 유행하는 토트백을 어깨에 걸친 모습이 왕년의 소년 만화에 나오던 불량한 선배를 연상시켰다. 가지런하고 하얀 치아를 가진 선배.

 오후 이른 시간인데도 소파는 이미 만석이었고, 이곳

'산부인과·피부과'에 들어서면 바로 보이는 접수대에는 진료 없이 저용량 경구 피임약을 처방받으려는 여성들이 줄을 서 있었다.

한 번 진료를 받고 나면 피임약 처방을 위해 다시 의사를 만날 필요는 없었다.

처음 진료를 받은 이 병원 남자 의사의 얼굴을 게이코는 벌써 잊어버렸다. 느낌이 좋지 않은 남자였는데, 게이코가 하는 이야기를 건성으로 듣고는 뭐, 본인이 하기 나름이죠, 하고 어쩐지 무시하는 듯한 말투로 대꾸했다. 게이코는 이 남자가 '여성 클리닉'의 의사라는 사실에 모순은 없는지 생각했다.

그래도 그 후로 몇 달에 한 번씩 와서 피임약을 처방받고 있다. 이곳에 오는 여성 중 대부분은 피임약이 목적이었다.

이게 1퍼센트의 대열이란 말인가.

줄을 선 여성들을 볼 때마다 게이코는 매번 경외심에 사로잡혔다.

일본의 경구 피임약 보급률은 고작 1퍼센트에 불과하다고 전에 인터넷 기사에서 본 적이 있다. 같은 해 다른 나라의 보급률은 프랑스가 41퍼센트, 독일이 37퍼센트,

영국이 28퍼센트라고 했다.

편의점이나 약국에서 간편하고 저렴하게 구입할 수 있는 나라도 있고, 무료로 나눠주는 나라도 있다고 하는데, 이 나라에서는 경구 피임약을 취급하는 병원을 찾아가서 몇천 엔을 지불해야만 한다. 열악한 접근성과 높은 가격 때문에 주저하거나 포기하는 여성이 많다고 해도 전혀 신기할 일이 아니었다.

애초에 약의 존재를 모른다고 해도 이상하지 않다. 일본 사회는 여성이 편의를 누리는 것에, 쾌적하게 사는 것에, 선택해서 얻는 것에 왠지 엄격한 잣대를 들이대는 사회였다. 여성이 자신의 몸을 컨트롤하는 것을 인정하지 않는 사회였다.

'바쁜 여성을 위해 토·일요일도 진료합니다.'

병원 진료 시간이 적힌 홈페이지에는 핑크색 글자로 친절하게 덧붙여져 있었다. 병원에 가는 길을 처음 확인했을 때, 그 문장은 게이코의 머릿속에서 깜빡거리며 점멸했다.

페이지를 닫으면서, 점멸의 원인은 미묘하게 전해지는 고압적인 태도에 있음을 깨달았다.

바쁘지 않은 여성이 있을까.

마치 세상에는 '바쁜 여성'과 '바쁘지 않은 여성'이 따로 있는 듯하다. '바쁜 남성을 위해 토·일요일도 진료합니다' 라고 써놓을 일이 있을까. 남자는 원래 '바쁜' 법이니까. 그런 사고방식이 밑에 깔려 있다는 것이 희미하게 보였기에, 그리고 '여성 클리닉'이라는 여성에게 특화된 장소였기에 더욱 눈에 띄었다.

"여성분만 들어오실 수 있습니다."

여자친구를 따라온 젊은 남자가 원피스로 된 타이트한 크림색 유니폼을 입은 접수처 여성에게 주의를 받았다. 가느다란 갈색 벨트로 허리를 꽉 조였고, 입술은 반들반들한 코랄 핑크색이었다.

두 사람이 의아하다는 표정을 보이자 접수처 여성은 재차 말했다.

"노 맨 플리즈."

젊은 남자는 놀랐는지 고개를 끄덕이더니 여자친구에게 작은 목소리로 무언가 말하고는 밖으로 나갔다. 잠시 시간을 때우다가 돌아올 것이다. 이곳에서 남성이 연인의 산부인과 진료에 동반하는 모습은 종종 볼 수 있는 광경이다.

"여성분만 들어오실 수 있습니다."

이렇게 주의를 받고 어쩔 수 없이 쫓겨나는 광경도.

아시아 국가에서 온 유학생, 아니면 여행 중인 걸까. 혼자 남겨진 젊은 여자는 딱히 개의치 않고 스마트폰을 만지기 시작했다.

역시 아까 그 여자애는 없구나.

게이코는 그렇게 생각했지만 어느 정도 예상한 일이기는 했다.

오후 진료 시간을 어쩌다 착각한 게이코는 20분 정도 일찍 도착하고 말았다.

신주쿠 남쪽 출구에 있는 고층 빌딩 3층의 가장 안쪽, 통유리로 둘러싸인 클리닉은 어딘지 무미건조한 인상을 주는 크림색 커튼이 쳐져 있고(주름진 곳에 그림자가 져서 회색으로 보이는 탓일지도 모른다), 진료 시간이 적힌 작은 알림판이 걸려 있었다.

먼저 온 손님이 있었다.

이제 막 20대가 된 것으로 보이는 남녀였다. 남자애와 여자애라고 부르는 편이 적절할 것이다.

그리고 남자애는 화를 내고 있었다.

"왜 안 연 거야. 약 올리는 것도 아니고."

"젠장, 빨리 좀 열어라."

"당장 피임약 내놓으라고."

그는 평소에는 좀처럼 보기 힘든, 마치 개그라도 하는 듯한 과장된 몸짓으로 화를 내면서 계속해서 욕설을 퍼부었다. 마찬가지로 시간을 착각한 모양이었는데, 그런 이유로 이렇게까지 화를 낼 수 있다는 것이 놀라웠다.

뇌 구조가 어떻게 생겨먹은 걸까.

게이코는 감탄했다.

남자애는 게이코가 보고 있다는 사실도 모르는 것 같았다. 아니면 봐도 신경 쓰지 않는 것일지도 모른다. 그래서 게이코도 사양하지 않고 두 사람의 모습을 찬찬히 관찰했다.

여자애로 말할 것 같으면, 유치한 방식으로 짜증을 폭발시키는 남자애를 아무런 감정도 없이 가만히 쳐다보고 있었다. 어쩔 수 없지, 라는 태도였다. 이런 상황이 자주 있었던 것일까. 긴 머리에 슬림한 청바지를 입은 모습이 평범한 요즘 여자애로 보였다. 남자애는 아주 마르고 전체적으로 헐렁한 차림이었다. 여자애가 키가 조금 더 컸다.

화내는 남자아이와 침묵하는 여자아이.

학교에서도 회사에서도, 지금까지 이런 관계성을 몇 번이나 봐왔다.

화내는 남자와 침묵하는 여자.

게이코도 그중 한 명이었다. 그렇기 때문에 젊은 남녀가 그 관계성을 재생산하고 있는 것이 서글펐다.

한마디라도 좋으니 여자애가 남자애에게 충고해주면 좋을 텐데. 하지 마, 라고 말해주면 좋을 텐데. 시끄러워, 하고 머리를 한 대 때려주면 좋을 텐데.

게이코는 기도하는 마음으로 두 사람을 보고 있었지만 아무런 변화도 일어나지 않았다. 눈앞에 보이는 건 변함없이 화를 내는 남자아이와 침묵하는 여자아이였다.

더는 보고 있을 수 없었던 게이코는 엘리베이터를 타고 지하로 내려가 같은 건물에 있는 편의점에서 시간을 때웠다. 새로 나온 제품들을 하나하나 찬찬히 살피다 보니 답답했던 마음이 조금 가라앉았다. 물질의 힘은 강하다.

잠시 후 게이코는 클리닉으로 돌아갔다. 네다섯 명의 여성이 줄을 서 있었지만 그 두 사람의 모습은 찾아볼 수 없었다. 그들은 홀연히 모습을 감췄다.

비이성적으로 화를 내던 남자애가 자리를 뜨려고 했고, 여자애가 어쩔 수 없이 그 뒤를 따라가는 장면이 쉽게 상상되었다.

피임약이 정말 필요한 사람은 여자애였을 텐데.

게이코는 한심하게 느껴졌다. 그 애를 위해 아무것도

할 수 없었던 자신이. 게이코야말로 침묵하는 여자아이, 침묵하는 여자였다. 방금 전에도, 지금까지도.

그 애에게 피임약을 살 기회가 다시 올까. 게이코는 알 수 없었다.

안 좋은 쪽으로 상상하자면, 콘돔 없이 섹스를 할 수 있다는 얄팍한 생각으로 남자애가 여자애를 끌고 왔던 것은 아닐까 하는 생각도 들었다. 안타깝지만, 남자친구가 화내는 모습을 무표정하게 지켜보던 그 애가 피임약이 필요해서 자발적으로 이곳에 왔다고는 생각하기 어려웠다.

만일 여자애가 원해서 왔던 것이라면, 단순히 따라온 입장에 불과한 남자애가 일을 망친 셈이 된다. 피임약을 사용하고 사용하지 않고는 여자애가 정할 일인데, 그러지 못했다. 그 애의 몸인데 마치 그 애의 몸이 아닌 것 같았다.

코랄 핑크색 입술이 게이코의 이름을 불렀다.

그 아름다운 색깔과 부드러운 목소리에 이끌리듯 소파에서 일어나, 게이코는 자신의 몸을 살아가기 편하게 해줄 약을 받으러 접수대로 향했다.

접수대 앞으로 여자들이 속속 모여들어 줄을 지었다.

이게 정말 1퍼센트일까. 정말로 1퍼센트의 여성들만이 이것을 필요로 하는 것일까.

그럴 리 없다.

게이코는 확신했다.

끊이지 않고 늘어서는 줄이 확고한 증거였다.

빌딩과 연결된 지하도로 나오자마자 게이코는 이어폰을 귀에 꽂고 ×× 그룹의 노래를 재생했다.

드라마틱하고 긴박한 도입부가 흘러나왔다. 몇 번을 들었지만 단지 그것만으로도 게이코의 마음은 금세 고조되었다. 처음 들었을 때의 기분이 되살아난다.

게이코는 그들의 목소리와 함께 걷기 시작했다. 일기예보에 따르면 오후부터 비가 올지도 몰랐기에 젖어도 되는 인조가죽 로퍼를 신고 나왔다. 딱딱한 신발의 감촉이 믿음직스럽게 느껴졌다.

오가는 사람들의 상당수가 이어폰을 꽂고 있었다. 재생 버튼을 누르는 것만으로 좋아하는 노래가 저마다의 일상을 구원해주러 오는 것이다.

이어폰을 꽂은 사람들의 어깨를 일일이 두드리며 그 맘 이해해요, 하고 말해주고 싶은 기분이었다.

지하도 벽은 변색되었고, 연결된 고층 빌딩 중 하나는 노후화로 리모델링이 예정되어 있어 세입자가 전부 나간 상태였다. 맥도날드를 빼고는 가게 명패가 전부 제거된 안내판을 보고, 세상의 종말이 이런 느낌일지도 모르겠다고 게이코는 생각했다. 이 건물에 있던 게이코가 좋아하는 러시아 요리점은 가까운 곳으로 이전했지만, 여성 클리닉에서 피임약을 받은 뒤에 가끔 들르는 정도였으므로 그쪽으로는 아직 가보지 못했다.

노래가 끝나고, 노래가 시작되었다. 발걸음이 자연스럽게 빨라졌다. 혼잡한 지하도를 힘차게 빠져나갔다.

반항하라, 라고 남자들이 쓴 곡을 반항하지 않고 시키는 대로 부르는 순종적인 그들에게 이렇게까지 매료되는 이유는 무엇일까. 어떤 정보든 손쉽게 얻을 수 있는 요즘 같은 시대에 아이돌을 착취하고 소비하는 구조는 이미 알고 있는데, 그럼에도 그들에게 끌리고 만다. 게이코가 사회라는 착취와 소비의 구조 속에서 살고 있는 시민이기 때문에 더욱 끌리는 것인지도 모른다. 그 구조 속에서 살아가는 것이 얼마나 힘들고 어려운 일인지 잘 알기에.

노래를 못한다고, 춤을 못 춘다고 그들이 비난을 받을 때마다 게이코는 이해할 수 없었다. 일본의 엔터테인먼트가 그들 때문에 망했다고 한탄하는 사람들도 많았지만, 그런 말을 그냥 그러려니 하고 넘길 수 없을 정도로 게이코는 그들을 사랑했다. 아니야, 그렇지 않아, 하고 반박했다. 그들의 '미숙'함에 끌린다고, 아이를 키우는 기분이라고 말하는 사람들도 이해가 되지 않았다. 게이코의 눈에 그들은 그저 멋있었다. 그저 대단했다. 그래서 좋아했다.

게이코는 ×× 그룹에게서 눈을 뗄 수가 없었다. 비록 익숙한 구조 속이라는 것을 알고 있었을지라도, 처음부터 지는 싸움임을 알고 있었을지라도, 그럼에도 도전을 선택한 그들에게서. 그 앞에 무엇이 있을지 보고 싶었다. 알고 싶었다. 그것은 거울을 보듯 꼭 닮은 구조 속에 살고 있는 게이코 자신의 미래이기도 하니까.

그들은 게이코로 하여금 처음으로 미래가 있을지도 모른다는 생각을 하게 해주었다. 그것이 희망이 아니라면 무엇을 희망이라 불러야 할까.

와 그라는데!

커다란 소리가 노래로 가득한 이어폰을 뚫고 귓속으로 날아들었다.

게이코는 깜짝 놀라 돌아봤다. 서둘러 한쪽 이어폰을 뺐다.

눈에 들어온 건 상복을 입은 30대 정도의 남녀였다.

와 그라는데!

여자가 다시 한 번 남자에게 따지듯이 목소리를 높였다.

그 낯선 말과 태도가 상복을 입은 여자에게서 터져 나오는 모습을 게이코는 신선한 느낌으로 바라봤다. 검은 스타킹과 검은 펌프스. 진주 목걸이. 색조 화장을 하지 않은 무채색 얼굴.

이어폰 너머로 들었을 때에는 분명 위화감이 들었던 여자의 목소리는, 다시 들어보니 그렇게 큰 소리가 아니었다.

이어폰을 꽂고 있으면 평소보다 소리에 민감해진다. 앞뒤 정보와 맥락이 차단된 상태에서 음악을 뚫고 귀에 도달한 소리만을 듣게 되므로 뭔가 엄청난 일이 벌어진 것처럼 느껴진다.

지금도 역시 그들을 돌아본 건 이어폰을 꽂은 사람들뿐이다.

상복 차림의 남자는 사람들의 시선이 신경 쓰이는지 흘끔흘끔 주위를 살피더니 진정해, 라며 여자를 달랬다.

와 그라는데!

남자의 태도에 더 화가 났는지 여자의 목소리가 한층 커졌다. 그 소리에 이어폰을 끼지 않은 사람들도 돌아보기 시작했다.

그럴 만도 하지, 게이코는 다시 앞을 보며 생각했다.

무슨 사정인지는 몰라도, 상대방이 진지하게 받아들이지 않고 그저 체면 때문에 타이르는 것으로 상황을 수습하려 한다면 당연히 괘씸할 것이다.

이어폰을 귀에 꽂으려 했을 때 진정해, 라는 말이 또 들려와 게이코는 무심결에 다시 돌아봤다.

남자가 손을 잡으려고 하자 여자가 뿌리쳤다. 그러고 두 사람은 오른쪽 길로 향했고 게이코의 시야에서도 사라졌다.

게이코는 그제야 다시 이어폰을 꽂고 ×× 그룹의 세계로 빠져들면서, 커다란 목소리로 처음부터 끝까지 불복하던 여자의 모습이 애처롭게 느껴졌다. 심지어 상복 차림으로. 게다가 도쿄에서는 별로 들을 기회가 없는 '와 그라는데!'라는 말의 울림에는 무언가 강한 힘이 있었다.

게이코는 집에서 가장 가까운 편의점에 들러 도시락과 반찬이 진열된 코너에서 닭고기 경단과 채소 수프를 집어 들었다. 옆에 있던 돼지고기 김치덮밥도 궁금했지만, 전에 한 번 먹었을 때 맛있었던 터라 저도 모르게 이쪽으로 손이 갔다. 이 시간이면 집에 가서 저녁을 해 먹을 수도 있었지만, 혼잡한 길을 걷느라 피곤했기 때문에 뭐라도 좋으니 일단은 공복을 채우고 싶었다.

옆에서 체크무늬 셔츠를 입은 청년의 손이 불쑥 나타나, 게이코가 고민하던 돼지고기 김치덮밥을 채갔다. 청바지 끝단과 아주 새것인 회색 캔버스화가 눈에 들어왔다.

게이코는 디저트를 고르러 냉동식품 코너로 향했다.

매장 안에는 사람들이 저마다 다른 자리에서 물건을 고르고 있었다.

냉동 채소의 봉지 겉면을 정독하는 게이코 또래의 여성. 샐러드용 닭고기 한 팩을 나무에서 열매를 따듯 낚아채 계산대로 직행하는 회사원. 세 개 남은 계절 한정 멜론빵 중 두 개를 바구니에 넣고 돌아서서 가다가 다시 돌아와 남은 한 개를 마저 집어 가는 노란색 점퍼를 입은 여성.

테이블에서는 등이 굽은 노인이 크림빵을 먹고 있었다. 테이블에 걸쳐둔 지팡이가 흔들거려서 조금 아슬아슬해 보였다. 그 옆에서 요구르트 음료를 마시는 여자아이의 미간은 찌푸려져 있었다.

편의점 바깥에서는 주차장에 세워놓은 택시 안에서 운전기사가 컵라면을 먹고 있었다.

많은 사람들이 자신에게 주어진 하루를 착실하게 살아내고 있는 것이 대단하게 느껴졌다.

편의점이나 마트에서 장을 보는 사람들을 보고 있자면 때때로 압도당하고 만다.

특히 마트보다 편의점에서 그런 감정이 강하게 일었다. 재료를 사거나 요리할 여유가 없는 일상 속에서 내려진 절박한 선택임이 명확하게 가시화되기 때문일지도 모른다. 모든 이들이 한정된 일상을 자신의 욕구에 부응하며 살아가고 있었다.

훌륭해.

게이코는 생각했다.

나도 채소를, 고기를, 달걀을, 많은 것들을 먹으며 살아가야지. 부지런히 먹어야지.

샐러드용 닭고기 한 팩이 든 비닐봉지를 들고 편의점을 달려 나가는 회사원의 뒷모습을 보면서 게이코는 생각했다.

게이코는 블루베리가 통째로 들어간 아이스크림을 골라 계산대 앞에 줄을 섰다. 살고자 하는 사람들의 대열에. 이 줄에 선 사람들은 자신을 포함해 모두 훌륭하다.

훌륭해.

이건 훌륭한 일이지.

요즘 같은 저출산 시대에 아주 훌륭해. 감사할 따름.

전자레인지로 데운 닭고기 경단과 채소 수프를 먹으면서 컴퓨터로 오늘의 뉴스를 훑어보는데, 마마돌°로 유명한 여성 연예인이 넷째 아이를 가졌다는 기사가 눈에 들어왔다. 안정기에 들어서서 인스타그램을 통해 발표한 모양이다.

기사에는 둥글게 나온 배에 손을 얹고 미소 짓는 여자 연예인의 셀카 사진이 첨부되어 있었다.

10대 시절 그는 인기 아이돌 그룹의 멤버였고, 마찬가지로 10대였던 게이코는 저녁 시간이면 그 그룹이 나오는 음악 방송을 종종 보고는 했다. 친구들과 노래방에 가면 누군가가 꼭 그 그룹의 노래를 예약해 다 함께 큰 소리로 합창했다. 입에 밴 노래들은 가사를 보지 않고도 부를 수 있을 정도다.

길쭉하고 가느다란 생강을 씹으면서 기사에 달린 수많

° 출산 후에도 인기를 유지하는 여자 연예인.

은 댓글을 무심히 읽어보는데, 축하의 말과 놀랍다는 반응들 사이로 이 말이 계속 눈에 날아들었다.

훌륭해.
훌륭해.

거기에는 수많은 '훌륭해'가 있었다.
육아에 정진하는 모습이 대단하다는 뉘앙스의 '훌륭해'도 적지 않았지만, 대부분은 그런 의미의 '훌륭해'가 아니었다. 애초에 그는 SNS에 육아하는 모습을 올리면 질타를 받는 일이 많았다.
이것은 많이 낳아서 훌륭해, 저출생 시대에 훌륭해, 라는 의미의 '훌륭해'다. 말하자면 나라를 위해 훌륭한 일을 했다는 뜻이다.
그 '훌륭해'를 보고 있자니, 조금 전 편의점에서 사람들이 밥을 챙겨먹고 있는 것만으로 '훌륭해'라고 생각했던 자신이 바보처럼 느껴졌다. 그렇지만 여자 연예인의 임신 소식, 그리고 그런 기사를 보고 저출생을 걱정하는 수천 명의 사람들, 그 모든 것을 목도하고도 특별히 자신을 비하할 마음이 들지 않는 것은, 또 세상이 독신 여성을 억압

하는 것에 좌절하지 않는 것은, 적어도 그러지 않아도 될 만큼은 사회가 변했기 때문이라고 게이코는 생각했다. 게이코는 그 변한 부분에 중점을 두고 살아가고 싶었다.

게이코는 여자 연예인의 셀카 사진을 다시 바라봤다.

파스텔 톤의 옷을 입고 미소 짓는 그가 '나라를 위해' 아기를 낳았다고는 도무지 생각할 수 없었다.

식사를 마친 게이코는 의자에 걸어둔 토트백에서 피임약 꾸러미를 꺼냈다.

딱 반년 치 분량. 무인양품에서 파는 명함 케이스와 크기며 모양이 비슷한 상자 여섯 개가 한 세트로 포장되어 있었다.

매번 그렇지만, 비닐을 벗겨내자 장난감처럼 짤깍짤깍 가벼운 소리가 나서 맥이 빠졌다. 이보세요, 천하의 피임약 아니십니까, 하고 따지고 싶어진다.

납작한 상자를 하나 꺼내서 개봉하니 날짜별로 색깔이 구분된 동그란 스물여덟 개의 알약이 줄지어 있었다. 마지막 일주일분은 복용을 잊어버리지 않도록 돕기 위한 하얀색 속임약이다. 옛날에 이런 불량 식품을 자주 먹었다. 이렇게 얇은 판에 들어 있던 분홍색, 노란색, 연두색 빛깔의 아주 작은 초콜릿. 그 불량 식품도 흔들면 짤깍짤깍

소리가 났다.

    일월화수목금토
    월화수목금토일
    화수목금토일월
    수목금토일월화
    목금토일월화수
    금토일월화수목
    토일월화수목금

게이코는 늘 하던 대로, 어떤 요일에 복용을 시작해도 대응할 수 있게끔 만들어둔 날짜 스티커에서 오늘 요일부터 시작하는 스티커를 골라 학교 시간표처럼 나란히 늘어선 피임약 위에 붙였다.

    일월화수목금토
    월화수목금토일
    화수목금토일월
    수목금토일월화

금토일월화수목
토일월화수목금

 마땅히 쓸 곳도 없는 남겨진 요일 스티커를 볼 때마다 게이코는 형용할 수 없는 감정에 사로잡힌다. 사용되지 않은 요일들의 묘지.
 각자 알아서 펜으로 기입하면 되지 않을까 싶기도 하지만, 이 쓸데없는 요일 스티커를 붙이는 과정으로부터 피임약을 먹는 행위가 시작된다는 생각도 들었다.
 어떤 의미에서는 의식이었다.
 스티커를 붙인 위치가 살짝 어긋나기는 했으나 의식이 순조롭게 마무리됐으므로, 게이코는 첫째 날의 피임약을 입에 넣었다.
 삼키는 느낌도 들지 않을 만큼 작은 알맹이다. 물도 필요 없다.
 게이코는 냉동실에서 아까 사 온 블루베리 아이스크림을 꺼냈다. 그러고는 조금 이따 돼지고기라도 삶아야겠다, 그건 며칠 두고 먹을 수 있으니까, 하고 생각하면서 소파에 드러누웠다. 바깥은 아직 환했다.

"훌륭해."

미카가 말했다.

"훌륭해."

후미코가 말했다.

"훌륭해."

유키에가 말했다.

"훌륭해."

치요가 말했다.

"훌륭해."

아카네가 말했다.

"훌륭해."

"훌륭해."

"훌륭해."

"훌륭해."

"훌륭해."

"훌륭해."

"훌륭해."

우리는 몇 번이고 반복했다. 말이 그 의미를 잃을 정도로, 무언가를 나타내는 기호쯤으로 여겨질 만큼, 몇 번이고.

하지만 분명하게 알고 있었다. 우리가 훌륭하다는 사실은. 누가 말해주지 않아도.

그렇기 때문에 우리는 서로 말해줬다. 그 말이 웃음소리로 변할 때까지.

※

 가가와 아유무는 자리에서 일어나 잠시 그대로 사무실을 둘러봤다.

 계속 앉아만 있었던 탓에 몸을 풀고 싶었는데, 등을 뒤로 젖히고 팔짱을 낀 자세는 그야말로 장승같았다. 건너편 라인에 앉은 호리호리한 남자 직원이 우연히 고개를 들다가 아유무의 모습을 보고 순간 흠칫 놀라며 눈을 피했다.

 정신을 차리려는 듯 어제부터 책상 위 같은 자리에 놓여 있던 페트병을 집어 탄산이 다 빠진 칼피스 소다를 입에 머금는 그의 모습을 내려다보면서, 아유무는 팔을 앞으로 쭉 뻗었다.

 마주 놓인 두 개의 책상이 세포가 분열하듯 옆으로 길게 뻗어 있고, 그 기다란 책상 무리가 다시 대오를 이루며 사무실 끝까지 착착 늘어선 모습은 장관이었지만, 사실 이것은 사무실의 절반에 지나지 않는다.

 이 절반을 나머지 반쪽 공간에 그대로 붙여 넣으면 아유무네 사무실이 완성된다. 책상과 컴퓨터는 복제할 수 있어도 사람은 그럴 수 없는 노릇이지만, 파티션으로 구분된 나머지 반쪽 공간에서 일하는 사람들의 존재감은 솔직히 희박해서 이쪽에 있는 사람들과 똑같이 생긴 사람들이 일하고 있다고 하더라도 이상할 것이 없었다.

넓은 사무실에 사람들이 북적거렸다. 아유무는 자신이 그곳의 일부라는 느낌을 받아본 적이 없었다.

소속감이 희박한 것은 아유무가 아직 20대이기 때문일까, 아니면 비정규직이기 때문일까. 아니, 어쩌면 파티션 너머에 있는 자신이 진짜 아유무이기 때문일지도 모른다. 이쪽에 있는 나는 복제된 로봇일지도 몰라. 게이코가 있었을 때는 복제 로봇이 아닌 자신을 조금 더 신뢰할 수 있었던 것 같다.

아유무는 숨을 내쉬었다.

마지막으로 두 팔을 들어 전신을 늘렸지만, 광활한 사무실 안에서 아유무의 움직임을 신경 쓰는 이는 더 이상 없었다. 오류는 일단 오류임을 인식하고 나면 무시하는 것은 간단하다.

여기요! 여기요!

무인도에 표류된 사람처럼 위로 들어 올린 두 손을 좌우로 살짝 흔들어봤다.

역시나 아무도 신경 쓰지 않았다.

전에 게이코가 앉았던 맞은편 자리에서는 우나미가 심각할 정도로 미간을 찌푸린 채 컴퓨터 화면에 얼굴을 들이밀고 작업을 하고 있었다. 무슨 이유에서인지 항상 한 치수 큰 옷을 입고 다니는 우나미는 등도 새우등처럼 심하게 굽어서 몸을 앞으로 기울이면 마치 컴퓨터에 홀려서 화면 속으로 빨려 들어가려고 하는 사람처럼 보였다. 현대판 호러다.

"그렇게 보면 눈에 안 좋지 않아?"

말하면서 아유무는 의자를 끌어당겨 앉았다.

우나미가 화면에서 고개를 든다.

"이 안경, 블루라이트 차단 기능이 있어서 괜찮아요."

짐짓 손바닥을 쭉 펴고는 안경테를 가볍게 치켜 올리며 말했다.

애니메이션을 좋아하는 우나미는 곧잘 애니메이션 캐릭터 같은 행동을 한다. 회사 사람들 대부분은 영문을 몰라 의아해하지만, 자기 나름대로는 특정한 어떤 대상을 흉내 내는 모양인지, 그런 행동을 하고 나면 히죽거리거나 혼자 손뼉을 치며 웃는다. 행복해 보인다. 아유무는 비교적 잘 받아주는 편이었으므로 우나미에게 호감을 샀다. 자리도 맞은편이고, 좋은 관계를 맺었다고 할 수 있겠다.

이 회사에서 근무하기 시작했을 무렵의 아유무와 게이코의 관계와는 사뭇 다르다.

아유무는 저도 모르게 그때를 떠올리고 웃어버렸다. 자신의 행동을 보고 웃은 거라 생각한 우나미가 만족스러운 표정을 하고는 다시 화면으로 시선을 돌렸다.

게이코로 말할 것 같으면, 아주 무뚝뚝했다.

심술궂다거나 쌀쌀맞다는 뜻이 아니라, 직장에서 그는 최소한의 소통만 하며 지내기로 결심한 사람처럼 보였다.

아유무의 수습 기간 동안에는 어느 정도 대화가 오갔다.

아유무가 곤경에 빠져 도움을 요청할 때마다 맞은편 자리의 게이코는 조용히 이쪽으로 와서 상체를 숙였다. 모든 동작에 '담담하게'라는 지문을 덧붙이고 싶어지는 움직임이었다.

바로 옆에서 무표정으로 컴퓨터 화면을 바라보며 설명해주는 게이코의 옆모습을 아유무는 때때로 훔쳐보았다.

이 사람, 설명을 잘하네.

게이코의 눈은 화면이 반사되어 파랗게 빛났다. 눈가에 갈색 점이 흩어져 있었는데 기미라고 말하기에는 아직 일러 보였다. 손톱은 짧게 정리되어 있었고, 매니큐어가 칠해진 날도, 그렇지 않은 날도 있었다. 하얀 목덜미와 줄

무늬 셔츠. 조그만 금색 귀걸이를 한 귀.

성실한 사람.

게이코를 보고 있으면 아유무의 머릿속에 그런 생각이 떠올랐다.

이해가 빠른 아유무가 금세 업무를 익히면 게이코는 미련 없는 썰물처럼 자기 진지로 스르륵 물러났다.

팀 인원이 적어 한 명씩 번갈아가며 휴식 시간을 가졌던 데다가, 게이코는 다른 사람이 하는 이야기는 즐겁게 들어주고 적당히 맞장구도 쳐주었지만 정작 자신의 취미나 좋아하는 것에 대해서는 거의 이야기하지 않았기 때문에 사생활을 짐작할 수 없었다. 이야기를 하는 건 언제나 아유무 쪽이었다.

그래서 아유무 역시 당연하게 둘이 사귀는 사이일 것이라고 생각했던 것이다.

어느 날 탕비실에 갔다가 한 남자 직원이 게이코 옆에 바싹 붙어 있는 광경을 목격했다. 아유무는 눈을 의심했다.

키가 큰 그 남자는 게이코의 등에 힘줄 선 손을 얹고 있다가, 아유무가 들어온 걸 눈치채고는 황급히 손을 뗐다.

게이코는 의아하다는 표정으로 남자의 얼굴을 올려다 봤지만 아유무의 모습을 확인하고는 평소의 무표정으로 돌아갔다.

남자는 사람 좋은 표정을 지으며 아유무가 안쪽으로 들어갈 수 있도록 공간을 내어주고는 밖으로 나갔다.

그런 순간을 종종 목격했다.

퇴근 후 입사 동기와 만나기로 약속한 아유무가 회사 근처 편의점에서 잡지를 보며 시간을 때우고 있을 때, 잘 아는 얼굴이 앞을 지나갔다.

탕비실에서 게이코에게 친한 척을 하던 남자가 목에 걸고 있던 사원증을 가방에 넣으려고 하는 게이코에게 웃으면서 달려갔고, 두 사람은 나란히 지하철역 방향으로 걸어갔다. 남자는 게이코에게 얼굴을 들이밀며 무언가 말을 걸고 있었다. 해가 긴 계절이라 저녁노을이 주변의 빌딩숲에 비춰 아름다웠다. 잘 어울리는 커플로 보였다.

남자는 40대 정도일 것으로 짐작됐다. 아유무의 눈에는 그저 아저씨일 뿐이었지만, 게이코가 사귀는 사람이라면 나쁜 아저씨는 아닐 것이라고 생각하기로 했다.

다른 사람들도 비슷한 순간을 몇 차례 목격했을 것이다.

들리는 소문으로 추측건대, 같은 팀 사람들도 말만 하지 않을 뿐 두 사람의 관계를 대강 아는 것 같았다.

게이코의 자리는 출입문 근처 통로 쪽이었는데, 남자는

그 옆을 지날 때마다 두 사람의 관계를 눈치챈 사람이라면 알 수 있을 정도로 일부러 천천히 걷거나 책상 끄트머리를 의미심장하게 건드리거나 했다.

아유무는 그 모습을 곁눈질로 보면서 저런 플레이도 있구나, 하고 적당히 감탄하거나 기막혀했다. 냉담한 게이코의 태도가 오히려 오피스 플레이 느낌을 자아냈다. 아니, 그런데 오피스 플레이는 또 뭐람.

남자는 언제나 사무실 안쪽까지 곧장 걸어가, 이곳의 반대편인 파티션 너머로 사라졌다.

"그것 좀 보여줄래?"

게이코가 그렇게 말했을 때 아유무는 깜짝 놀랐다.

아유무는 항상 작은 핑크색 스턴건을 지니고 다녔다.

엘리베이터 앞에서 떨어뜨린 스턴건을 재수 없게도 옆팀의 요시다가 줍고 말았다. 그 자리에서는 바로 돌려줬지만, 요시다는 사무실에 들어와 아유무가 자리에 앉는 걸 확인하고는 다가와 놀리기 시작했다.

"성인용품인 줄 알고 깜짝 놀랐다니까."

시선을 끌려는 듯 일부러 큰 목소리로 주위를 둘러보며 말했다. 같은 라인에 앉은 직원 몇 명이 와르르 웃음을 터

트렸고, 서로 보여 달라며 손을 내밀었다.

"아니, 글쎄, 아저씨들한테는 자극이 세다니까요."

요시다가 히죽거렸다.

아유무는 어쩔 수 없이 방금 막 가방 깊숙이 넣어둔 핑크색 물건을 꺼내 가장 가까이에 있던 손바닥 위에 올려놓으며 마지못해 장단을 맞췄다.

"이래저래 뒤숭숭한 세상이잖아요. 집이 역에서 멀기도 하고, 길에 가로등도 몇 개 없어서 좀 무섭거든요."

평소보다 높은 톤이었다.

"그건 그래."

"그건 그렇지만, 아무리 그래도 스턴건은 좀 그렇지."

왁자지껄한 목소리 사이로, 조금 떨어진 곳에서 남자들의 웃음 섞인 목소리가 들려왔다.

"여자들 무섭다."

"자의식 과잉이야."

아유무는 내심 울컥했다.

어쩜 저렇게 뻔한 반응인지. 나는 진지하다고.

무서움을 느꼈던 몇몇 순간들이 되살아났다.

소중한 핑크색 물건은 사람들의 손 위를 한 바퀴 돌고 난 뒤, 모두가 기분 전환 타임에 질릴 즈음에야 아유무의 책상으로 돌아왔다.

받아, 하며 요시다가 던지는 걸 낚아챈 아유무는 한숨을 쉬면서 서둘러 가방에 집어넣으려고 했다.

"그것 좀 보여줄래?"

생각지 못한 방향에서 목소리가 들리더니 이내 손이 다가왔다. 아유무는 그때, 다른 사람들처럼 히죽거리거나 웃거나 하지 않는 게이코의 얼굴이 무척 마음에 들었다.

모두가 흥미를 잃고 아무 일도 없었던 것처럼 업무에 복귀한 가운데, 다시 핑크색 물건을 꺼내 게이코에게 건넸다.

"이거 좋다."

확인하듯이 잠시 만져보더니 진지한 얼굴로 그렇게 말했다.

"여기를 누르면 전기가 흐르는 거야?"

"그런가 봐요. 아직 써본 적은 없지만. 부적인 셈 치고 장만한 거예요."

다음 순간, 게이코의 말이 조금 빨라졌다. 드문 일이었다.

"어디서 살 수 있어?"

"인터넷에서요."

"인터넷."

게이코는 몇 번인가 고개를 끄덕였다. 자신에게 무언가를 일러주는 것처럼 보였다.

게이코가 그 남자에게 성희롱을 당했다고 인사과에 고발했다는 소문이 돌았다. 모두가 놀랐고 아유무도 경악했다.

회사와 다를 바 없이 낡은 관습을 유지하고 있는 인사과에서 남자를 불러 직접 사정을 청취한바, 연인 관계가 틀어지면서 갈등이 생겼다는 것이었다. 남자는 인사과에 연신 사과를 했다고 한다.

남자의 동료들은 원래부터 두 사람의 관계를 알고 있었다, 그 친구가 성희롱을 할 리 없다, 그렇게 착한 사람도 드물다, 라고 야단스럽게 두둔했다. 이런 자리니까 하는 얘긴데, 여자가 꽤나 감정적이어서 그 친구도 힘들었다나 봐요, 하는 말까지 덧붙였다.

여기까지는 전부, 광활한 사무실에서 정중앙 자리에 앉는 덕에 이래저래 정보통이 된 우에무라라는 중년 여성으로부터 옆 팀에서 가장 사교성이 좋은 사와가 알아 온 정보다.

아유무가 속한 팀의 주임도 불려 가 면담을 했다. 주임은, 잘은 모르지만 친해 보이는 모습을 몇 번 목격한 적이 있다고 대답했고 그 외에는 아무 말도 하지 않았다고, 비어 있는 게이코의 자리를 보면서 소곤거리는 목소리로 보고했다. 그날 게이코는 비번이었을까, 아니면 점심 휴식 중이었을까. 아유무는 이제 기억나지 않는다.

그다음은 케케묵은 드라마 같은 전개를 보여줬다. 너무 진부해서 볼 것도 없다.

정직원인 40대 남자와 비정규직인 30대 여자.

승패는 뻔했다.

유일하게 모두가 평등하게 들어가는 나이마저 누구에게는 긍정적으로, 누구에게는 부정적으로 작용한다.

아유무의 주변 사람들은 두 사람이 함께 있는 모습을 목격한 적이 있었으므로, 소위 치정 싸움에서 게이코가 선을 넘은 것이라고 생각할 수밖에 없었다. 눈으로 확인한 정보는 머리에서 좀처럼 떠나지 않는 법이다. 일할 때를 떠올리면 아무리 생각해도 그 인성과 매치되지 않는 사건이었으나, 애초에 게이코의 사생활이나 성격에 대해 알고 있느냐고 묻는다면 전혀 모르는 것이나 다름없었다. 게다가 사귀는 사이였다는 이야기를 듣고 나니, 연애란 원래 그런 거였지, 하는 생각도 들었다.

 모두가 반쯤 고개를 갸웃거리면서도, 반쯤 결론을 내렸다. 게이코가 잘못했을 거라고. 그 증거로, 회사를 나간 사람은 게이코가 아니던가.

 게이코의 책상은 새로 온 파견 직원의 자리가 되었다.

 아유무는 일을 하다가 무심코 앞에 앉아 있는 낯선 얼굴(결국 두 달 만에 그만두었고, 그 후임으로 우나미가 들어왔다)을 바라보며 게이코를 떠올렸다.

 게이코는 지금 어떻게 지내고 있을까. 내 핑크 스턴건을 보고 비웃지 않았던 유일한 사람.

 가끔 사무실 저 안쪽에서 그 남자가 다른 남자들과 무언가 이야기를 나누거나 어깨를 얼싸안고 장난을 치는 모습이 눈에 들어올 때가 있었다.

 뭐야, 저 아저씨.

 게이코가 일을 그만두게 되었는데 혼자 천하태평인 남자가 아유무는 화가 나서 참을 수 없었고, 납득할 수 없었다.

 그 사건은 도대체 뭐였단 말인가.

 석연치 않은 기분이 들었다.

 결심한 아유무는 가벼운 느낌으로, 차나 한잔하자며

게이코에게 메시지를 보냈다.

40분 뒤에 돌아온 답장은 아유무의 메시지만큼이나 가벼운 느낌이어서, 게이코답지 않은 모습에 어쩐지 눈시울이 뜨거워졌다.

게이코에게 들은 이야기는 이해할 수 없는 것이었다. 당사자인 게이코조차 이해하지 못하는 일이었다.

결론부터 말하자면, 게이코와 그 남자는 사귀는 사이가 아니었다.

"네? 그런 거였어요?"

아유무가 큰 소리로 말했지만 게이코는 주변을 신경 쓰지 않았다.

"응, 전혀 아니야."

담담하게 대답하고는 변함없이 진지한 얼굴로 버블 밀크티를 마셨다. 그 여전함에 아유무는 또다시 눈물이 나올 것 같았다. 아유무는 책상 너머로 매일 다양한 음료를 마시는 게이코를 봐왔다. 게이코는 의외로 신제품에 과감히 도전하는 타입이었다.

게이코의 말에 따르면, 그때까지 남자는 게이코와 아무런 접점도 없었고 이야기를 나눠본 적도 없는데, 어느 시점부터 갑자기 이해할 수 없는 행동을 되풀이하기 시작했다고 한다.

예를 들면, 아유무가 탕비실에서 두 사람을 목격한 사건.

게이코가 싱크대에서 머그컵을 닦고 있는데, 방금까지 냉장고 안을 들여다보고 있던 남자가 어느새 게이코 옆으로 다가와, "아, 괜찮으세요?" 하며 게이코의 등에 손을 얹었다.

게이코는 '뭐야 이 사람' 하고 생각했지만, 아유무가 들어오면서 남자도 자리를 떴기 때문에 별일 아니겠거니 하고 그냥 넘어갔다.

그런 상황이 반복됐다.

남자는 뜬금없이 다가와서는 묘하게 친한 척을 하며 아무래도 좋을 이야기를 늘어놓거나 질문을 던지거나 하다가, 잠시 뒤 아무 일 없었다는 듯이 자리를 떴다. 그럴 때마다 가볍기는 했지만 등이나 어깨와 팔을 만지는 일도 적지 않았기에 게이코는 그를 경계하기 시작했다.

확실히 이상하다고 느끼기 시작한 것은 우연히, 물론 만들어진 우연이었지만, 단둘이 엘리베이터를 탔을 때였다.

7층에서 1층으로 내려갈 때까지 아무 일도 없어 안심하고 있었는데, 문이 열리는 순간 남자는 스윽 다가와 게이코의 머리 위에 가볍게 손을 올렸다. 순식간에 벌어진 일이었지만 1층에서 엘리베이터를 기다리던 사람들 중에는 그 순간을 목격한 사람도 있었을 것이다. 그런 다음 남자는 부자연스럽게 손을 거두고 쑥스럽다는 듯이 게이코에게 눈길을 주며 엘리베이터를 빠져나갔다.

남자는 그런 식으로 씨를 뿌리며 목격자를 늘려갔다.

아유무가 편의점에서 두 사람을 봤을 때, 남자가 게이코에게 했던 말은 "신발 밑창이 뜯어진 것 같은데, 역 안에 수선집이 있었던가요?"였다. 그대로 역까지 나란히 걸어갔지만, 게이코가 보기에 신발 밑창이 뜯어진 것 같지는 않았다고 한다. 아마 탕비실에서도 누군가 다가오는 기척을 느끼고는 순간적으로 등에 손을 얹은 것이리라. 그리고 그 누군가가 아유무였던 것이다.

두 사람 사이에 뭔가 있구나, 그런 암시를 줄 수 있을 정도면 충분했다.

그래서 남자는 아무도 보고 있지 않은 장소에서는 게이코를 완벽하게 무시했다.

게이코는 남자가 자신의 자리를 지나갈 때마다 천천히 걷거나 책상을 건드리거나 하는 것을 물론 눈치채고 있었다.

필사적으로 모르는 척을 했다. 점점 겁이 났고 회사에 가는 것조차 고통스러웠다.

주의를 주는 정도라도 좋으니 그렇게 해줬으면.

그런 생각으로 인사과에 이야기했다. 그런데 사태는 게이코가 생각지도 못한 방향으로 흘러갔다.

남자가 공들여 뿌린 씨가 쑥쑥 자라나 봉오리가 맺히고 일제히 꽃을 피웠다. 그 꽃은 식충식물이었다. 먹이로 선택된 벌레는 게이코였다.

모두가 두 사람이 사귀는 사이인 줄 알았다고 증언했다. 같은 팀의 주임마저 그렇게 말했다. 게이코의 호소는 어느새 '히스테리녀'의 거짓말이 되어 있었다.

"연애가 잘 안 된다고 직장에서 분란을 일으키면 안 되지. 아무리 여자들이 감정적인 동물이라고 해도 말이야."

게이코는 나이 많은 남자들에게 돌아가며 조롱 섞인 설교를 들어야 했고, 정신을 차리고 보니 자진 퇴사라는 결론에 도달해 있었다.

직장에서의 마지막 날, 게이코가 기억하는 한 그 남자는 책상 옆을 세 번 지나갔다. 걸음을 늦추지도 않고 주머니에 손을 꽂은 채 걸어가는 그의 발걸음은 가벼웠다.

그 남자가 아유무의 책상 옆을 지나갔다.

그가 지나가면 이제는 당시의 게이코처럼 아유무는 바로 알아차린다. 분노와 불쾌감으로 팔에 소름이 돋는다. 맞은편 자리의 우나미는 아마 모를 것이다. 그 남자는 끊임없이 오가는 수많은 정장 차림의 남자 직원들 중 한 명일 뿐이다.

남자에게는 처음부터 승리를 예상할 수 있는 게임이었을 것이다. 왜 그렇게까지 할 필요가 있었는지 모르겠다. 게이코는 조용히, 성실하게 일했을 뿐인데.

아유무와 게이코는 처음 둘이서 만난 후로 이따금 만나는 사이가 되었다.

최근 한 달 동안은 여동생이 사는 캐나다에 가 있었는데, 귀국했다는 연락을 받고 다음 주에 만나기로 했다.

아유무는 이를 악물었다.

게이코의 이야기를 듣고 난 뒤로 회사에 올 때마다 분해서 견딜 수가 없었다.

그런 아유무의 기분은 아랑곳없이 메일 수신함에는 새로운 업무 메일이 차곡차곡 쌓여갔다. 농담처럼 계속 쌓였다.

비정규직인 아유무는 이 일에 어떠한 애착도 없었고, 비정규직인 만큼, 또 나이를 생각하더라도 다음 직장은 비교적 쉽게 구할 수 있을 터였다. 그럼에도 이곳에 남아 있는 이유는…….

내가 무너뜨리겠어.

마음속 어딘가에서 그렇게 생각하고 있기 때문일지도 모른다.

시대착오적인 성차별과 고정관념을 이용해 게이코를 계략에 빠트린 남자. 자신은 아무것도 잃지 않고, 앞으로도 모르는 척 살아갈 수 있으리라 생각하는 남자.

아유무는 사무실 저편으로 멀어져가는 남자의 뒷모습을 노려봤다.

괜찮아. 나에게는 핑크 스턴건이 있어.

❃

"고새 더 예뻐졌네."

결제를 마친 뒤 안쪽 카운터 자리에서 테이크아웃으로 주문한 카페오레가 나오기를 기다리고 있는데, 50대로 보이는 남자가 가게 안으로 들어오면서 카운터 안쪽에 있는 젊은 여자에게 실없는 소리를 던졌다. 남의 외모를 놓고 떠드는 것에 아무런 의문도 느끼지 못하는 부류인 것 같다.

'아저씨' 발견.

게이코는 속으로 그렇게 말하고는 플라스틱 뚜껑이 덮인 컵을 양손으로 감싸듯이 받아들었다. 컵에 끼워진 골판지 소재의 슬리브가 삐뚤어졌다.

"그 소리는 매번 하시네요."

한 손에 흰색 행주를 든 여자 종업원이 성의 없이 대답하고는 허리를 숙여 커피머신을 마저 청소했다.

카운터에 서 있던 남자 종업원이 주문을 받았는데, '아저씨'는 마치 들으라는 듯이 필요 이상으로 큰 목소리로 주문을 했다. 여자 종업원을 힐끗힐끗 보면서 다시 말을 걸 기회를 노리는 것 같았다. 여자는 돌아보지 않고 모든 신경을 커피머신에 집중시키고 있는 것처럼 보였다.

게이코는 안절부절못하는 '아저씨'의 뒤를 지나쳐 가게를 나온 뒤, 조금 걸어 얼마 전에 발견한 작은 공원으로 들어갔다.

공원 중앙에 세워진 커다란 시계는 오후 세 시를 넘어가고 있었다.

주택가와 번화가의 경계가 모호한 동네에 있는 공원이다. 벤치에 앉아 아이들을 지켜보며 담소를 나누는 엄마들 옆으로, 요리사로 보이는 남자가 저녁 장사를 위해 양손에 식재료가 든 비닐봉투를 들고 지나갔다.

게이코는 공원 구석에 있는 벤치에 앉았다. 연식이 느껴지는 빛바랜 벤치는 회색과 흰색이 점점이 뒤섞여 원래 어떤 색이었는지 알 길이 없다.

카페오레와 함께 산 낱개 포장의 애플파이를 먹으면서 게이코는 저도 모르게 인터넷 기사를 훑어보았다. 이제 습관이 되었다.

나라를 대표해서 인도네시아로 원정을 떠난 20대 운동선수 몇 명이 현지에서 성매수를 한 사실이 논란이 되고 있었다. 해외 출장을 갈 때마다 성매수를 할 절호의 기회라고 들떠 있는, 아직까지 버블경제 시절에서 벗어나지 못한 '아저씨'와 다를 바 없는 그들의 행태는 심히 추악했다.

살해된 젊은 여성에 대한 기사에서는 사건 당시 피해자의 복장이 화려했던 점, 유흥업소에서 일했던 점을 들어 자업자득이라고 비난하는 댓글들이 넘쳐났다. 기사에는 진한 화장에 브이 자를 하고 있는 피해자의 사진이 굳이 첨부되어 있었다.

게이코는 서로 다른 두 사건이 하나의 곧은 실로 연결되어 있는 것처럼 느껴졌다.

스마트폰을 무릎 위에 올려두고 카페오레를 한 모금 마셨다.

아이들이 놀고 있던 곳의 공기가 바뀌어 있었다.

방금 전까지만 해도 조금 떨어진 곳에서 지켜보던 엄마들이 모래밭에서 멋진 성을 지으며 놀고 있는 아이들 주변을 에워싸듯 둘러서서 자연스럽게 벽을 만들고 있었다.

그 너머로 언제 나타났는지 모를 60대 남자가 어색하게 서성거리는 것이 보였다. 어정쩡하게 들고 있는 휴대전화의 카메라는 아무래도 여자아이들을 노리고 있는 것 같았다. 엄마들은 소란을 일으키지 않으려고 등으로 딸들을 지키고 있었다.

몇십 년도 더 된 '아저씨'의 기억이 떠올라 게이코는 소름이 돋았다.

 초등학생이던 게이코가 혼자서 잠자리를 잡고 있는데, 처음 보는 젊은 남자가 다가와 저쪽에 잠자리가 더 많으니 함께 가자고 말을 걸어왔다. '아저씨'는 고등학생이나 대학생 정도로 보였다. 어쩌면 중학생이었을지도 모른다.

 아무렇지 않은 듯 담담하게 바라보는 상대의 눈빛에 게이코는 몸이 움직이지 않았다. 간신히 고개를 옆으로 저었고, 그러자 '아저씨'는 그래? 하고 아무 일 없었다는 듯이 가버렸다.

 게이코는 '아저씨'가 사라진 것에 안도했지만, 만약 따라갔다면 어떻게 됐을까 하는 생각까지는 하지 못했고, 생각은 금세 잠자리에게로 옮겨갔다.

 남자가 말을 걸었을 때 놀라서 손에 힘이 들어갔는지, 아래로 늘어뜨린 잠자리채는 잠자리의 연약한 줄무늬 하반신을 정확히 반으로 가르고 있었고, 채를 들자 억센 나뭇잎 위에 두 동강이 난 잠자리의 사체가 있었다. 게이코는 그제야 비명을 질렀다.

 중학생 때는 수업을 마치고 평소와 같이 후문으로 나와 짧은 횡단보도를 건너는데, 건너편에 셔츠와 면바지를 입은 '아저씨'가 서 있었다. 지금 생각해보면 30대였던 것 같다.

카메라를 목에 건 '아저씨'는 옆으로 지나가려고 하는 게이코의 앞을 가로막더니 사진을 찍고 싶다고 말했다.

이때도 간신히 고개를 저어 거절하자 '아저씨'는 잠자코 원래 있던 장소로 돌아갔다. 다시 후문에서 여학생이 나오기를 기다리기 위해서.

몇 년 전 한 아마추어 사진작가가 공원이나 다양한 장소에서 소녀들에게 말을 걸고서 사진을 찍어 〈말 걸기 사진전〉을 개최한 것이 SNS상에서 공론화되면서, 게이코는 자신과 같은 일을 당한 소녀가 무수히 많다는 사실을 알게 되었다. 어린 시절 사진이 이제 와서 무단으로 전시되고 있다는 사실을 모르는 여성도 분명 많을 것이다.

생각해보면 게이코를 포함한 일본 여성들은 어린 시절부터 이런 '아저씨'에 의한 피해에 맞닥뜨려왔다.

훑듯이 쳐다보는 시선, 호시탐탐 접근할 기회를 노리는 커다란 몸, 불쑥불쑥 내뱉는 음란한 말들, 그리고 그 연장선상에 있는 치한이나 불법 촬영 따위의 범죄. 명백한 범죄임에도 불구하고 충분한 대책이 마련되지 않은 채 수십 년이 흘렀다.

학교, 직장, 어디를 가나 '아저씨'가 있었다.

인생은 어떤 의미에서는 '아저씨'에 대한 식견을 기르는 장이었다. 한눈에 '아저씨'인지 아닌지 판단할 수 있을 정도로 일본 여성들은 '아저씨'의 특성을 꿰고 있었다. '아저씨'가 아는 것보다 훨씬 깊이 '아저씨'는 까발려져 있었다.

하나, '아저씨'는 겉모습과 상관없다. 하지만 겉모습으로 판별할 수 있는 경우가 확연히 많다. 특히 눈매. 특히 입매. 앉는 자세도 꼴사납다.

하나, '아저씨'는 이야기를 나눠보면 바로 알 수 있다.

하나, 본인이 '아저씨'라는 사실을 아무리 숨기려 해봤자 소용없다. 가면은 반드시 어딘가에서 벗겨진다. 하지만 '아저씨'임을 숨기려고 하는 '아저씨'는 사실 그리 많지 않다. 무슨 이유에서인지 '아저씨'는 자신감이 넘친다.

하나, '아저씨'는 나이와 상관없다. 아무리 젊어도 속에 '아저씨'를 탑재한 경우가 있다. 순리대로 윗세대의 '아저씨'가 멸종한다고 해서 '아저씨'가 사라지는 건 아니다.

절망적인 사실.

하나, '아저씨' 중에는 여성도 있다. 이 사회는 여성도 '아저씨'가 되도록 장려한다. '아저씨' 급으로 행동하는 여성은 '아저씨'로부터 높이 평가받는다.

과연 '아저씨'가 존재하지 않는 곳이 지금껏 있었을까.
그럼에도 게이코는 셀 수 없이 많은 '아저씨'와의 나쁜 기억들에 뚜껑을 덮어두고, 마치 아무것도 아니라는 듯이 살아왔다. 다른 삶의 방식은 상상해본 적도 없었다. 주위 여성들도 그렇게 사는 것처럼 보였으니까. 이게 보통의 삶이라고 믿고 있었다.
그날, 근무하던 회사의 회의실에서 게이코의 주장일랑 애초에 들을 생각조차 없었던 몇 명의 '아저씨'들이 경멸하는 눈빛으로 쏘아보던 그 순간, 게이코는 각성했다.
이 눈을 알고 있다. 나는 줄곧 이 눈이 몹시 싫었다. 나를 물건처럼 바라보는, 인간 취급하지 않는 이 '아저씨'의 눈이. 너무 싫었다. 너무 싫다.
그걸 깨닫기까지 이렇게 오랜 시간이 걸린 것이 게이코는 믿겨지지 않았다. 이런 특수한 일이 자신에게 닥치고 나서야 비로소 깨달을 수 있었다.

기분 탓일까, 여자아이들의 목소리가 커진 것 같았다.

사진을 찍지 못해 낙담했는지, '아저씨'는 공원 밖으로 사라졌다.

긴장이 풀린 듯 모래밭 가장자리에 걸터앉아 웃고 있는 엄마들의 모습을 보고 있자니, 게이코의 머릿속에는 이런 말이 떠올랐다.

'날마다 레지스탕스.'

예전에 유명한 여성 가수가 〈날마다 스페셜〉이라는 노래를 불렀다. 밝고 즐거운 노래다. 게이코도 종종 흥얼거렸다.

하지만 지금 게이코가 실감하는 현실은 '날마다 레지스탕스'라는 것이었다. 계속 저항하지 않으면 어떠한 순간에든 '아저씨'의 악의에, '아저씨'가 만든 이 사회의 악의에 결박당하고 만다. 언제나 방어하는 것이 당연한 '보통의 삶'을 매일 살고 있는 일본의 여성들.

"날마다 레지스탕스."

게이코는 나직이 그렇게 중얼거리고 남은 애플파이를 서둘러 먹어 치웠다. 이제 5분만 있으면 단기 아르바이트 휴식 시간이 끝난다. 뛰어야겠다.

✹

게이코는 돔 공연장에 울려 퍼지는 함성에 압도되었다. 커다란 소리의 너울에 삼켜질 것만 같았다.

땅울림 같은 메아리는 각각의 말로서 식별할 수는 없었지만, 그것이 만 칠천 명의 관객들이 외치는 그룹의 이름과 최애의 이름, 그리고 뱃속 깊은 곳에서부터 넘쳐 흐르는 고양감으로 이뤄진 울림이라는 것은 헤아릴 수 있었다.

모든 눈이 오직 한마음으로 무대를 바라보고 있었다. 저마다 손에 든 펜 라이트가 공연장에 있는 눈동자의 수를 몇 배로 증가시켰다. 그 정도로, 펜 라이트와 같을 정도로, 그들의 눈은 한결같이 빛나고 있었다.

처음에 게이코는 그 공간이 주는 예상 밖의 편안함에 맥이 빠졌지만, 금세 적응되었다.

아이돌 콘서트에서 지켜야 할 매너를 인터넷에서 미리 찾아본바, 같은 계열 선배 그룹의 관객층이 대부분 중장년 이상의 남성으로, 공연장에는 후덥지근한 냄새가 가득하며 그런 이유로 발길이 멀어진 여성 팬도 있다는 것을 알게 되었다. 그 속에 끼어도 괜찮을까, 겉돌지 않을까, 하는 게이코의 걱정은 순전히 기우였다.

공연장에 들어가기 전부터 상상하던 관객층과 다르다는 사실은 분명했다.

역 앞에서부터 이어지는 긴 육교에는 기대에 부풀어 와자지껄 떠들며 공연장으로 향하는 젊은 세대들이 가득했다.

분명 남성이 많았지만 주로 10대와 20대였고, 30대 이상이 가뭄에 콩 나듯 드물게 섞여 있었다. 혼자서 온 남성 관객도 수두룩했다. 혼자 온 것으로 보이는 또래 여성들도 적지 않아서 게이코는 안도했다.

놀라웠던 점은 예상 외로 여성이 많다는 사실이었다.

남성들과 마찬가지로 주로 10대와 20대인 여성들은 딱 봐도 한껏 멋을 낸 차림으로 삼삼오오 걸어가고 있었다. 머리에 꽃 장식을 달고, 똑같이 옷을 맞춰 입은 이들도 있었다. 실제로 학교에 입고 다니는 것인지는 모르겠으나 교복을 입고 온 아이들도 있었다.

이 계열의 아이돌 그룹은 대대로 학교 교복을 의상으로 활용해왔다.

본디 이 나라 남자들은 여성의 교복에 이상하리만치 민감했다. 프로듀서인 그 남자는 이미 몇십 년 전부터 그 사실을 숙지하고 있었다(과거에 프로듀싱했던 아이돌 그룹에게

〈세일러복을 벗기지 말아줘〉라는 노래를 부르게 했던 것은 유명한 이야기다).

학창 시절에는 같은 반 여학생들의 교복을 의식하며 지내고, 졸업한 후에도, 성인이 된 후에도, 기회만 있으면 교복을 입은 여자아이를 소비하는 데 주저하지 않는다. 그것이 일본 남자들의 인생이었다.

그 욕망에 부응하고자 문화, 매체, 정부와 온갖 단체들은 마치 그 남자 프로듀서를 본받기라도 하려는 듯이 툭 하면 '교복 입은 소녀'를 만들어내 써먹어왔다. 그 안에 있는 대부분이 남자이기 때문에 그럴 것이다. 누구보다 그들 자신의 욕망이기도 할 테니까. 그들에게 죄의식은 전무했다.

평범한 소녀든 만들어진 소녀든 대부분의 남자들에게 있어 그 존재 가치는, 역할은, 오랜 세월 하나였던 것이다.

그 결과, 평범한 여중생과 여고생을 텔레비전 속 아이돌처럼 소비하는 시선으로 바라보는 것이 당연한 사회로 정착했다.

하지만 그렇다고 좋아하는 아이돌과 똑같아지고 싶은 마음에 교복을 입고 콘서트를 보러 온 그들을 부정할 마음은 조금도 없었다. 오히려 게이코는 깨달았다.

평범하게 학교에 다니는 여자아이들과 여자 아이돌의 공통분모가 교복이었다는 사실을.

'교복'이 단순히 '교복'이던 시절은 과연 있었을까. 언제부터 '교복'은 '교복'이 아니게 되었을까. 남자들이 의미를 부여하기 이전의 '교복'을 상상하기란 이제는 터무니없이 어려운 일이다.

그렇게 생각하는 와중에도 게이코의 시선 역시 무대 위에서 교복을 입고 노래하며 춤추는 여자 아이돌에게 고정되어 있었다.

게이코가 있는 2층 자리에서는 그들의 모습과 표정이 잘 보이지 않았다. 무대 양옆으로 설치해놓은 대형 스크린에 한 명씩 얼굴이 클로즈업되는 것을 보고서야 아, 그렇구나, 하고 고개를 끄덕일 수 있는 수준이었다.

××는 긴 앞머리에 얼굴이 자꾸만 가려져서 화면상으로도 표정을 알 수가 없었다. 날카로운 눈빛도 잘 보이지 않았다.

그럼에도 관객의 기대 속에 공연이 시작되고 ××가 첫 번째로 등장한 순간, 공연장에는 한층 큰 함성이 일었다. 저마다 최애의 이름이 새겨진 수건을 목에 두르고 부채나 엠디 상품을 흔들고 있었지만, ××의 실물이 눈앞에 있다는 사실에 모두 반사적으로 반응한 것 같았다.

콘서트가 진행될수록 ××와 그 멤버들이 얼마나 신비한 그룹인지 게이코는 뼈저리게 감동했다. 노래를 들을 때나, 텔레비전에 방송된 신곡 무대를 인터넷으로 찾아볼 때에는 보이지 않았던 부분이다.

원래 싱글로 내는 곡은 날카롭고 개성적인 노래가 많아서 텔레비전으로 볼 때는 그 이미지가 강하다. 하지만 앨범 전체를 들어보면 아이돌답게 귀여운 곡도 있고, 멤버 몇 명이서 유닛으로 부르는 곡이나 솔로곡도 있다. 이런 평범한 노래를 그들이 부를 필요가 있을까 하는 불만도 있었지만, 콘서트에서는 그런 곡들 덕분에 ×× 외의 다른 멤버들의 매력도 알 수 있었다.

텔레비전에서는 아무래도 ××에게 초점이 맞춰지는 일이 많았지만, 콘서트에서는 멤버 한 명 한 명에게 스포트라이트가 비춰졌다.

인터넷에는 ×× 외에는 조연일 뿐이라는 매정한 의견도 있었는데, 이렇게 전체적으로 그들을 볼 기회를 누리고 나니 그런 말들이 진심으로 어리석게 느껴졌다.

아이돌답지 않은 곡, 아이돌다운 곡, 그런 구분 따위 촌스럽다는 듯이 그들은 양쪽 세계관을 능숙하게 오갔고,

객석을 가로지르는 50미터 길이의 무대 위를 활짝 웃으며 몇 번이고 내달렸다.

획획 바뀌는 그들의 표정과 움직임은 자유로웠고, 대담했다.

그중 단 한 명, ××만이 한 번도 웃지 않았다.

웃는 편이 훨씬 자연스러울 노래도, 뮤직 비디오에서는 하얀 이를 드러내 보이며 불렀던 노래도 그는 시종일관 굳은 표정으로 불렀는데, 다른 멤버들의 능숙함 사이에서 그 고집스러운 모습은 어설픔이라는 단어로 게이코의 머릿속에서 변환되었다.

××는 객석 사이로 난 긴 무대를 오갈 때도 팬 서비스를 하지 않았다. 긴 무대를 그저 무료하게 이동했다. 쑥스러움을 감추기 위함인지 자꾸만 머리카락을 쓸어 올리면서. 다만 그런 만큼 그 개성에 맞는 낯선 곡에서는 오롯이 몰입한 것처럼 보였는데, 그럴 때의 퍼포먼스는 소름이 끼칠 정도로 완벽했다.

그는 지금 이쪽 세계에 머무르고 싶은 것이다. 이쪽 세계에 주파수가 맞춰져 있는 것이다.

게이코에게는 그렇게 느껴졌다. 그것은 공연장 전체에 전해지고 있었다.

격렬한 무대를 마치고 휴식 시간에 들어서자, 진행을 담당하는 멤버가 "여러분, 즐거우신가요?" 하고 소리쳤고, 관객들이 함성으로 답했다.

 그는 진행하기에 앞서 잠시 동안 거칠어진 숨을 헉헉거리며 "죄송합니다" 하고 몇 번인가 작은 소리로 사과했다. 게이코는, 립싱크 주제에, 하고 비웃듯이 비판하는 사람들에게 지금의 그들의 모습을 보여주고 싶었다. 이윽고 그들은 패기라곤 찾아볼 수 없는 혀 짧은 소리로 유치한 말장난을 시작했고, 게이코는 울고 싶어졌다.

 방금 전까지 보여준 무대가 마치 거짓말이었던 것처럼, 잠시 뭔가에 씌었던 사람들처럼 그들은 실없이 웃으며 게임을 했고, 관객들은 그 한마디 한마디에 들끓는 성원을 보냈다.

 그리고 아니나 다를까 ××는 대화에도 게임에도 참여하지 않았다. 일렬로 늘어선 멤버들 사이에 끼어서 시종일관 바닥만 내려다보고 있었다. 이따금 양옆에 있는 멤버에게 작은 목소리로 뭔가를 말했지만, 마이크를 대고 객석을 향해 입을 여는 일은 없었다. 토크 중 ××는 한 번도 스크린에 비치지 않았다.

 아이돌 그룹의 중심인물, 흔히 말하는 '센터'가 한마디도 하지 않고 심지어 노래를 가려가며 부르고 있다.

단적으로 말하자면 그런 사태였다.

재미있는 점은 그런데도 분위기가 나쁘지 않았다는 것이다.

멤버들 간에는 역할 분담이 잘 되어 있었는데, 각자 자신이 잘할 수 있는 일을 솔선해서 맡아 하는 듯한 분위기가 감돌았다. 게이코는 여학교 출신은 아니었지만 그 분위기가 마치 여학교 같다고 생각했다.

이런 학교가 정말로 존재한다면 좋을 텐데.

게이코는 넋을 잃고 바라봤다.

지금의 아이돌 시스템 안에 있는 그들이 아니라, 거기서 분리된, 순수하게 눈앞에 있는 그들만의 학교가 존재한다면.

주변에 맞추지 않는 ××를 '별종'으로 취급하지 않는 멤버들의 태도는 고루하지 않았고, 담담했으며, 편안했다. 그러기보다는 각자가 해야 할 일에 집중하고 있었다.

이러한 분위기는 관객에게도 공유됐다. 공연장 안에 있는 모두가 ××의 행동을 납득했고, 그런 ××의 매력을 알고 있었다. 그룹의 모난 부분을 있는 그대로 사랑했다.

게이코는 이것이 현재 일본에서 절대적인 인기를 누리

고 있는 아이돌 그룹의 모습이라는 사실에 감격했다. 그렇게 신경 쓰이던 남자 프로듀서의 존재가 콘서트 중간에 떠오르는 일도 없었다. 그곳에는 여자아이들의 낙원이 있을 뿐이었다.

콘서트 후의 혼잡함을 피하기 위해 게이코는 역내 식당가에 있는 체인 우동집에서 저녁을 먹으며 시간을 보낸 뒤, 적당히 붐비는 전철에 올라탔다. 밖은 이미 어두워져 있었다.

콘서트가 끝나고 돌아가는 사람들의 복장 덕분에 전철 안은 평소보다 조금 화려했다. 게이코처럼 혼잡한 시간을 피해 탄 여자아이들이 공연장에서 산 엠디 상품을 끌어안고 귀엽더라, 재미있었어, 하며 감동이 채 가시지 않은 모습으로 감상을 나누고 있었다. 작은 목소리로.

그 모습을 보고 게이코는 콘서트 중에 깨달은 어떤 사실이 떠올랐다.

공연장에는 여자들이 많았지만 공연이 시작되고 들려온 함성은 전부 남자들의 목소리였다.

굵고 큰 목소리에 묻힌 것일까. 아니면 애초에 목소리를 크게 내지 않았던 것일까.

후자일 것 같았다.

게이코가 앉은 자리 가로줄 끝에는 고등학생으로 보이는 여자아이 둘이 앉아 있었다.

콘서트가 시작되자 그들은 감정이 복받친 듯 양손에 든 펜 라이트를 붕붕 흔들면서 무대를 열심히 응시했다. 소리를 크게 지르지는 않았지만, 때때로 노래에 맞춰 입술을 알 듯 말 듯 한 정도로 움직였다. 그 묵묵히 집중하던 모습이 마음에 남았다.

게이코가 앉은 자리의 맨 앞줄에는 대학생 같아 보이는 남자가 있었는데, 그는 기분이 들떠서 한 번도 자리에 앉지 않고 처음부터 끝까지 일어선 채로 크게 소리쳤고, 멤버들이 하는 대화나 게임 하나하나에도 일일이 큰 소리로 반응했다. 혼자 온 그는 공연이 끝나자 배낭을 메고 임무가 끝나기라도 한 듯 망설임 없이 상쾌한 걸음으로 자리를 떠났다.

두 여자아이와 남자는 똑같이 즐기고 있었다. 그건 틀림없다. 다만 출력 방식이 전혀 달랐다. 그 모습이 게이코로서는 무척 인상적이었다. 물론 공연의 종류나 장소에 따라서는 여자들도 마음껏 소리를 지를 테고, 오늘 콘서트도 딱히 그것이 불가능한 자리는 아니었다. 하지만 그 여자아이들은 그렇게 하지 않았다.

  그들의 목소리가 작은 것은 어쩌면 방어벽인지도 몰랐다. 어른들에게, 남자들에게 들키지 않으려고, 파고들 틈을 내주지 않으려고 작은 목소리로 자기 자신을, 자신들의 세계를 지키고 있는 것인지도 모른다. 여자가 큰 소리로 말하면 필요 이상으로 쳐다보고, 불쾌한 표정으로 한마디씩 한다. 그런 건 여자라면 누구나 알고 있다. 여자가 티나게 즐기면 정을 맞는다는 사실을.

  목소리가 작은 여자들은 목소리가 큰 사람들과 똑같이 즐기고 있다. 살아 있다. 어쩌면 목소리를 크게 내거나 자신을 드러내도 안전한 장소를 잘 알고 있는 것이다.

  숨어서 즐기는 것.

  그건 여자들이 먼 옛날부터 해온 일이다.

  전철이 멈추고, 엠디 상품을 끌어안은 여자아이들이 내렸다.

  사람들이 내릴 때마다 전철 안의 축제 분위기가 조금씩 옅어졌다. 게이코가 내릴 역은 앞으로 세 정거장 남았다.

  지금까지 평범하다고 생각했던 곡도 실제로 무대를 보고 나니 마음가짐이 완전히 달라졌다. 게이코는 이어폰을 꽂고 방금 막 라이브로 직접 들은 노래를 다시 들으며,

SNS를 열어 콘서트 후기를 검색했다.

한껏 들뜬 분위기의 후기들 사이로 기미 개선 화장품 광고가 뻔뻔하게 지나갔다.

기미가 두드러진 늙은 여성의 얼굴에 '비포'라고 표시돼 있었다. 공포 만화에 나오는 으쌱한 대사마냥 극적인 글씨체로. '애프터'는 전혀 다른 젊고 새하얀 얼굴의 여성이다. 미래에 기미와 주름이 생기는 것만, 노화하는 것만, 마치 대단히 무서운 일인 양 여성들에게 알려 겁을 주는데, 그런 것 말고는 달리 알려줄 것이 없는 것일까. 더 무시무시한 일들이 이 사회에는 많이 있을 텐데.

이제 게이코는 이 스트레스를, 이 억압을 느끼지 않는 상황을 상상할 수 없었다. 이 사회 안에서 너무 오래 살아왔기 때문에.

하지만 그렇지 않은 상태, 좀 더 정비된 환경에서 살고 있는 다른 나라의 여성들도 있다. 그 또한 잘 상상이 가지 않았다. 너무 먼 이야기라서. 실감이 나지 않아서.

좋은 세상을 조금이라도 자신과 한데 묶어서 전혀 생각할 수가 없었다. 일본 여성은 계속 그런 상태이지 않을까.

미호코와 엠마의 생활이 머릿속에 떠올랐다. 미호코는 일본에 있었던 시절이 마치 거짓말이었던 것처럼 자유로워 보였고, 밖에서 인종 차별을 당하면 당당하게 화를 냈다.

미호코와 엠마의 단골집인, 대만인이 운영하는 카페에서 일하던 일본 여성은 이렇게 말했다.

취업 비자로 이곳에 왔다. 애인을 만들거나 장기로 고용해줄 일자리를 어떻게든 찾고야 말겠다. 일본에는 절대로 돌아가고 싶지 않으니까.

만약 일본이 조금 달랐다면, 좀 더 제대로 된 대책이 마련돼 있었다면, 일본 여성들은 지금처럼 인내하고, 스트레스를 받고, 목소리를 높이거나 묵묵히 싸우는 시간들을 어떻게 보냈을까. 스트레스와 슬픔과 분노와 체념 대신 무엇을 느꼈을까. 도통 상상이 되지 않는다.

영혼은 닳는다.

게이코가 그 사실을 깨달은 건 언제쯤이었던가.

영혼은 지치고, 영혼은 닳는다.

영혼은 영원히 충만하게 채워져 있는 것이 아니다. 불합리한 일을 겪거나 마음먹은 대로 되지 않을 때마다 영혼은 닳는다. 영혼은 살아 있으면 닳는다. 그래서 우리는 영혼을 오래 지속시키며 살아가야 한다. 그러기 위해서 취미와 최애를 만드는 것이다.

30년 이상 살아온 게이코는 이제 자신의 영혼은 아무리

가득 충전한대도 82퍼센트 정도에서 그치지 않을까 생각한다. 콘서트에 다녀온 덕분에 제법 충전이 됐지만, 그래도 이제는 100퍼센트이던 때로는 돌아갈 수 없다. 게이코의 영혼은 과연 인생의 어느 단계까지 100퍼센트였을까.

그렇게 생각하면 희망이 없는 것처럼 느껴져서 게이코는 이런 식으로 상상했다.

나는 내 영혼이 죽지 않도록 어딘가에 맡겨둔 게 아닐까.

이러면 잃어버린 18퍼센트에 대한 걱정이 사라진다.

게이코는 정말 웃어넘길 수 없는 사태가 오기 전에, 잔량 미터기가 빨갛게 표시되기 전에, 18퍼센트를 어딘가에 맡겨둔 것이다.

그 장소는 게이코의 영혼이, 일본 여성들의 영혼이 소녀가 되어 자유롭게 살 수 있는 푸른 낙원이다. 그곳에 소녀들이 살고 있는 한, 게이코의 영혼은 죽지 않는다. 그 18퍼센트라는 보험이 있기에 현실을 살아갈 수 있는 것이다.

××와 멤버들의 존재를 알고부터 그 상상 속 낙원의 소녀들은 그들의 모습과 오버랩되었다. 이제 게이코의 영혼은 그들의 모습을 하고 웃으면서 초원을 달린다.

그러니 끝까지 지켜봐야 한다. 그들에게 무슨 문제가 일어나지 않는지, 건강하게 지내는지, 제대로 파악해야 한다. 예전에 읽은 소설 속 청년이 호밀밭에서 그랬던 것처럼. 그들은 내 영혼이니까.

무대 위에서 얼토당토않은 게임에 즐거워하거나, 배구를 해봤다는 멤버 몇 명이 뜬금없이 경기를 시작하거나, 객석 사이로 난 긴 무대를 경주하듯 달리던 그들은 공연장을 정말 여학교로 바꿔놓은 것만 같았다. 새삼 떠올리며 게이코는 웃음을 지었다. 이어폰에서 그들의 노랫소리가 끊이지 않고 들려온다.

다음에는 가가와 씨를 데려와야지.

게이코는 그렇게 생각하며 눈을 감았다.

✳

　우리는 배구를 즐겼다.

　조별 발표도 성공적이었고 '여고생 체험' 주간도 무사히 마쳐 다들 해방감에 흠뻑 젖어 있었다.

　나이와 성별로 봤을 때 옛날이었다면 우리는 '여고생'으로 분류되었을 것이라 한다.

　체험 학습의 일환으로 사라진 전통을 따라 해보는 것도 의미가 있겠다는 의견에 따라, 우리는 일주일 동안 '여고생'으로 지냈다.

　실제로 어떤 나라에서는 시대와 인물에 맞게 코스튬을 입고 수업을 듣는 역사 교육을 도입하기도 했다고 한다. 그러면 더 즐겁고 생생하게 배울 수 있기 때문이다.

　어디에서 찾아냈는지, 나눠받은 먼지투성이 '교복'은 재킷과 치마의 재질이 뻣뻣해서 착용감이 좋지 않았고, 꼭 치마여야만 할 필연성이 느껴지지 않았다. 재킷을 입고 팔을 뻗어보거나 돌려봤는데, 옥죄는 느낌이 들어 불쾌했다.

　이게 '교복'이구나.

　우리는 '교복'을 입은 서로의 모습을 둘러봤다.

너나없이 미묘한 표정을 지었다.

전에 '기모노'와 '유카타'를 입어봤을 때에도 이 정도로 당황스럽지는 않았다.

'교복'이 한 번쯤은 순수하게 '교복'으로서 존재하던 때도 있었을 것이다. 그러나 머지않아 타의에 의해 의미를 부여받았고, 손때로 더러워졌다. '교복'은 언제부터 '교복'이 아니게 되었을까.

우리는 억지로 이 옷을 입고 매일 학교에 다녔을 '여고생'의 기분을 상상해봤다.

불쌍해.

이것이 맨 처음 든 생각이었다.

자유롭지 못해 불쌍했다.

단순히 착용감만의 문제가 아니었다. 우리는 '여고생'의 '교복'이 역사적으로 어떤 의미를 지니고 있는지 이미 배웠다.

'여고생' 그리고 그들의 '교복'은 성적인 것으로 취급되었다.

처음 그 사실을 배웠을 때 우리는 놀라움에 말을 잃었다. 무거운 침묵이 흘렀다.

예컨대 우리가 지금 이렇게 있는 것만으로도, 그저 길

을 걷는 것만으로도 성적인 대상이 되는 것이다. 상식적으로 말이 되지 않았다. 이해할 수 없었다.

끔찍한 전쟁과 침략의 역사 안에는 항상 성적으로 착취당하는 여성들이 있었다.

하지만 '여고생'들이 살던 시대의 일본에서는 전쟁 따위 일어나지 않았다.

그런데도 '여고생'과 '교복'은 성적인 대상으로 취급되고 착취당했다고 한다. 성착취가 일상화되어 있었다. 말하자면 공포의 시대였던 셈이다.

신기한 점은, 공포의 시대인 것을 사람들이 온 힘을 다해 모르는 척하며 살았던 것 같다는 것이다. 그들은 무엇을 그토록 두려워했던 것일까. 도저히 이해가 되지 않아서 우리는 기록에 없는 보이지 않는 전쟁이 있었을지도 모른다고 짐작했다. 조금 더 조사해볼 필요가 있었다.

'교복'을 입은 우리는 역사의 무게에 약간의 두려움을 품고 자신의 모습에 공포에 가까운 감정을 느꼈지만, 타고난 호기심과 탐구심으로 과제에 임하기로 했다.

우리는 지금껏 자료를 통해 얻은 '여고생'과 당대의 정보를 최대한 활용해 우리 나름의 '여고생'을 만들어냈다.

우리 조는 서로를

치요

미카

후미코

유키에

아카네

라고 부르기로 했다. 틀림없이 '여고생'다운 이름일 것이라고 생각했기 때문이다.

하지만 아무래도 익숙하지 않아서 몇 번이나 잘못 불렀고, 자신에게 주어진 이름을 잊어버리기도 했다.

이름이란 신기하다.

우리는 우리가 직접 이름을 지을 수 있고 마음대로 바꿀 수도 있다.

딱히 이름이 없어도 상관없다.

옛날에는 필수였다던 성姓은 폐지되었다.

일설에 의하면 성이란 '아저씨'와 밀접한 것이었기 때문이라고 한다.

우리는 여성의 '결혼 전 성'에 대해서도 배웠는데, 그것도 결국에는 '아저씨'의 소유였기에 어느 쪽을 택하든 '아저씨'에게 속하는 셈이었다. 일본 여성은 대부분 혼인과 동시에 자신의 성을 잃었는데, 엄밀히 말하면 그때까지

쓰던 성도 여성의 것이 아니었다. 여성에게는 여성만의 성이 없었다.

깜짝 놀란 사실은 아이의 이름을 아이를 낳은 여성이 아니라 그 집안의 지체 높은 '아저씨'가 짓는 경우도 적지 않았다는 것이다. '아저씨'는 낳지도 않았는데, '아저씨'는 낳을 능력도 없었는데. 어째서 아무것도 하지 않은 '아저씨'가 아무렇지 않게 나서는 게 당연하게 받아들여졌던 것일까.

(조사하다 알게 된 사실인데, 어떤 원인으로 불임이 된 여성을 아이를 낳을 수 없는 몸이라고 업신여겼다고도 한다. 하지만 '아저씨'야말로 처음부터 아이를 낳을 수 없다.)

"할아버지가 지어주신 이름이 줄곧 마음에 와닿지 않았다. 할머니나 엄마가 지어주신 이름이었다면 어땠을까 하는 생각을 가끔 한다. 그랬더라면 내 이름을 더 사랑할 수 있었을지도 모르겠다."

이와 관련된 내용을 배울 때 '선생님'은 우리에게 구전으로 전해 내려왔다는 한 여성의 말을 들려주었다.

그런 역사가 있었기 때문인지는 모르겠으나, 오늘날 우리는 이름에 관해서는 자유롭다.

어쨌든 우리 조는 그럭저럭 과제를 완수했고, ××에 대해서도 어느 정도 이해할 수 있었다.

발표를 마치고 칭찬을 받은 우리는 서로 질리도록 칭찬해주었다.

"훌륭해."

"훌륭해."

"훌륭해."

"훌륭해."

"훌륭해."

정색하고 말하는 게 포인트였다.

이번 과제를 진행하면서 '여고생'에 대해 조사하는 작업은 피할 수 없는 일이었다. 그리고 '여고생'들은 자존감을 낮추는 교육을 받았다는 가슴 아픈 사실을 알게 되었기에, 지금 이 순간만큼은 '여고생'인 우리는 '훌륭해'라는 말을 고집스럽게 반복했다. 그러는 중에 어쩐지 눈시울이 뜨거워졌다.

태어난 시대가 달랐더라면 우리도 '여고생'이 되었을 것이다. 그렇게 생각하자 다리가 휘청거릴 것만 같았다.

그리고 '교복'이 회수되었다.

치요

미카

후미코

유키에

아카네

로부터 해방된 우리는 당분간은 이름 없이 지내는 기분이겠다는 이야기를 나눴고, '여고생 체험' 주간 마지막 날 활동인 배구를 할 때에도 서로 이름을 부르지 않고 묵묵히 겨루는 전법을 택했다. 사방에서 들려오는 거친 숨소리가 우리의 존재를 분명하게 증명해주었다. 흔들림 없는 분위기에 등골이 오싹했다.

하지만 점점 열기가 오른 우리는 침묵을 견디지 못하고 서로의 멋진 플레이에 찬사의 말을 쏟아냈다.

"훌륭해."

"훌륭해."

"훌륭해."

"훌륭해."

"훌륭해."

다시 자연스럽게 말을 주고받는 우리가 있었다. 마치 '여고생'에 대해 조사하면서 느낀 부당함을, 슬픔을 떨쳐내려고 하는 것 같았다.

그리고 분노를. 그렇다, 우리는 분노했다. '여고생'이 그런 일을 당했다는 사실에.

상대편 조는 어떤 주제였는지 이렇게 외치며 경기를 뛰었다.

"이보게!"

"부탁하네!"

"소인에게 맡기십시오!"

"짐도 서브를 넣고 싶소!"

이것도 재미있어 보였다.

게임은 근소한 차이로 상대 팀의 승리로 끝났다.

하지만 기분은 상쾌했다.

치요

미카

후미코

유키에

아카네

더 이상 그들이 아니게 된 우리는, 이름이 없는 우리는, 앞으로 어떤 이름이든 가질 수 있는 우리는, 일주일 동안 썼던 이름도 깨끗이 잊은 채 서로 얼싸안고 넘어졌다. 목덜미로 흐르는 땀이 시원했다.

인터넷 쇼핑을 하다 보면 종종 있는 일인데, 그날도 아유무는 본래의 목적은 진작에 잊은 채 광활한 상품의 바다를 헤매고 있었다. 그때 우연히 눈에 들어온 것이 바로 핑크색 스턴건이었다.

몇천 엔이면 손에 넣을 수 있는 핑크색 안전.

나한테 필요한 건 이거야, 이거였어. 액정 화면을 응시하며 그렇게 직감한 아유무는 장바구니에서 결제 화면으로 직행했다.

여성용이니까 핑크색이라는, 누가 봐도 '아저씨'가 생각했을 법한 안이한 배색 센스에 평소 눈살을 찌푸리는 일도 많았지만, 핑크색 스턴건은 어딘지 모르게 의표를 찌르는 재미가 있었고, 오히려 어떠한 빈정거림도 없이 진지하기만 한 검정색보다는 단연 손에 들기 좋을 것 같았다.

사자!

인생에서 몇백 번째인지 모를 결제 버튼을 누르면서 아유무는 자신이 늘 무기를 필요로 했다는 사실을 깨달았다.

교복 때문에 이런 일을 당하는 거라면 교복 따위 개나 줘버려라.

가가와 아유무는 몇 번을 그렇게 생각했는지 모른다. 만원 전철에서 치한으로부터 몸을 지켜내야만 하는, 그 절실하고도 가혹한 미션을 수행하지 못하면 '평화로운 배움의 장'에 다닐 수조차 없는 나날을 보냈던 10대 시절의 아유무는, 교복을 저주했다.

명백히 교복은 상대를 무시해도 된다, 건드려도 된다, 라는 표식이었다. 표적이 될 만한 외관을 유지한 채 살아가기란 불가능에 가깝다는 것은 굳이 진화의 역사를 읊을 필요까지도 없이 당연한 사실이다. 그런데도 여자아이들은 그것을 강요당하고 있었다.

교복을 입은 여자아이를 포착하면 눈을 은근히 빛내며 전철 안 인파를 비집고 들어와 조금이라도 가까운 곳에 진을 치려 하는 '아저씨'. 그리고 밀착해오는 '아저씨'의 신체 부위. 치마에 묻은 정액.

그들의 추악하고 뻔뻔한 모습은 아유무의 눈과 몸에 강렬하게 새겨졌다. 그런 일을 겪고 나자 이후로 '아저씨'를 증오하는 일쯤은 아무것도 아니었다. 오히려 아무리 증오해도 부족할 정도였다. '아저씨'를 피하려다 지각을 했고, 이상한 짓을 하는 '아저씨'에게 소리를 지르면 민폐가 되었기에 여고생의 일상은 어떻게 한들 패배의 연속이었다.

하지만 고등학교 졸업과 동시에 교복에서 해방된 아유무는 머지않아 자신이 새로운 제복으로 갈아입었을 뿐이라는 사실을 깨닫게 되었다.

일본 사회는 언제나 여성에게 제복을 입히려고 했다. 여성에게 '바람직'한 복장과 화장이 사회의 통념으로 존재했고, 그것이 인생의 어느 단계로 나아가도 그들을 속박했다. 그 기준에 따르지 않을 때조차 마음속 어딘가에서 자신이 기준에서 벗어나 있다고 의식해버릴 정도로. 여성을 위해 존재하는 여성지조차 여성을 옥죄었다.

'바람직'의 틀을 벗어나는 것은 물론 자유였지만 그 자유에는 이름이 있었고 그저 너그럽게 봐주는 것일 뿐이었다. '튀는 옷을 입고 다니는 것도 한때, 언젠가는 지나갈 시기'라든지 '여자로서의 인생이 끝난 시기'라는 식으로.

20대에 들어선 아유무는 '바람직'한 취업용 의상을 입은 자신의 모습을 면접이 있었던 회사 화장실 거울에 비춰보고, 이렇게 사는 건 이제 한계일지도 모르겠다고 생각했다.

깨끗하게 다려진 하얀 셔츠도, 허리와 엉덩이가 묘하게 드러나는 여성용 슈트도, 하나로 묶은 검은 머리도, 앞머리도, 스타킹도, 굽 낮은 펌프스도 억지스러움의 집합체였다. 그런 자신의 모습을 물끄러미 보며 아유무는 생각했다.

음, 더는 안 되겠어.

그 후 '바람직'한 모습을 했음에도 면접에서 줄줄이 떨어지자, 아유무는 그 결과를 긍정적으로 받아들이고 파견 회사에 등록해 비정규직의 길을 걷기 시작했다. 이 또한 기준에서 벗어난 것이라고 의식하면서. 아니면 여자가 일을 하려는 것 자체가 기준에서 벗어나는 것일까.

그렇게 아유무는 사회에 나왔지만, 사회에 나와도 모든 것은 무시당하기만 했던 고교 시절의 변주에 지나지 않았다.

키가 149센티미터인 가가와 아유무는 애초 무시당하기 쉬운 외모였다. 이 일본 사회에서 무시당하기 쉬운 외모를 하고 있으면 어떻게 되는지 아유무는 몸소 배웠다. 교복은 입지 않을지언정, 이제는 '회사에 다니는 여성다운 복장'이라는 제복을 입게 된 아유무는 혼잡한 전철을 탈 때면 어김없이 경계했고, 밤길은 그의 편이 아니었다. 게다가 여성이라는 제복은 어떻게 해도 벗을 수가 없었다.

언뜻 다루기 쉬워 보이는지 남자들이 일방적인 호의를 내비치는 경우도 적지 않았는데, 아유무는 호의를 감지하자마자 온갖 말과 행동으로 상대방의 환상을 깨부수려고 노력했다. 나이를 불문하고 남자들은 말이 많고 목소리가 크고 대등한 위치에서 대화하려는 여자를 왠지 꺼렸으므로 한편으로는 쉬운 일이기도 했다. 다가오던 남자들이 썰물처럼 빠져나가는 순간은 몇 시 몇 분인지 정확하게 데이터로 남길 수 있을 만큼 명확했고, 그럴 때마다 아유무는 확실한 보람을 느꼈다.

그럼에도 아유무는 무력했다.

왜 부모님은 나에게 살인 기술을 가르쳐주지 않았을까.

미처 거절하지 못한 나머지, 레이디스데이에 혼자 보고 싶었던 영화를 얼굴만 아는 사이인 남자와 함께 보던 중에, 옆에서 뻗어오는 힘줄 선 그의 손을 슬쩍 피하면서 아유무는 생각했다.

커다란 스크린 속에서는 살인 청부업자인 아버지에게 어릴 때부터 교육을 받은 여자아이가 그 역시 살인 청부업자로서 적의 은신처에 홀로 뛰어들어 훌륭한 복수를 이루어내고 있었다. 아유무는 그런 기술이, 반사 신경이, 수련으로 다져진 자신감이 부러웠다.

최소한 유도나 합기도를 배워뒀어야 했을까.

아유무는 제법 진심으로 후회하고 있었다. 왜 어릴 때 나는 태평하게 집 근처 피아노 학원에 다니면서 바이엘이나 치고 있었을까. 내가 배우고 싶었던 건 살인 바이엘이었는데. 나는 너무도 무력한 상태로 사회에 내던져지고 말았다. 아무도 지켜주지 않는 세상에.

주문하고 금방 도착한 핑크 스턴건은 그 후로 아유무와 행동을 함께했다. 실제로 사용할 순간이 올 거라고는 생각하지 않았다. 그건 부적 같은 존재였다. 일상을 살아가기 위한.

아유무는 모두가 지쳐 있는 퇴근길 전철 안에서, 저것도 무기가 될 수 있겠다, 라고 사람들의 소지품을 멍하니 바라본 적이 있었다.

저 중년 여성이 옷에 달고 있는 피에로 모양 브로치는 여차하면 핀 부분으로 찌를 수 있겠지.

저기 펑크스타일을 한 여자아이가 끼고 있는 울퉁불퉁

한 반지는 여차하면 주먹을 날리기 좋을 것이고.

저 하이힐은 뾰족한 앞코나 굽으로 찌를 수 있겠다.

무거워 보이는 저 버킨백은 방패가 될 테고, 냅다 던져도 효과가 있을 것 같다.

이것도, 저것도, 무기가 된다.

다들 여차하면 싸울 수 있는 물건들을 지니고 있다.

그렇게 생각하자 아유무는 어쩐지 안도감이 들었지만, 힘이 없으면 안전하게 살아갈 수 없는 현실이, 브로치가 브로치로, 하이힐이 하이힐로 존재할 수 없는 현실이 슬프기도 했다.

그러고는 톱이나 도끼를 휘두르며 '아저씨' 무리를 물리치는 여고생들의 모습을 떠올렸다. 고교 시절을 그렇게 보냈더라면 얼마나 좋았을까.

하지만 무기를 들고 교복 차림으로 싸우는 소녀들의 모습이, 순간, 비현실적으로 큰 가슴과 가느다란 허리와 팔다리를 하고 극도로 짧고 딱 붙는 교복을 입은 애니메이션 속 여자아이의 모습으로 머릿속에 그려진 아유무는 이미 일본 사회의 훌륭한 일원일지도 몰랐다.

✹

여자의 몸은 야하단 말이지.

노트북 화면 속에서 종횡무진 날아다니며 적을 물리치는 애니메이션 마법 소녀를 물끄러미 보면서, 우나미 마나는 언제 청소했는지 기억도 나지 않는 방바닥에 책상다리를 하고 앉아 구부정한 자세로 허겁지겁 저녁밥을 먹었다. SNS를 보고 만든 까르보나라 우동인가 하는 간편 요리는 전자레인지만 있으면 만들 수 있어서 감사할 따름이다. 퇴근해서 돌아오면 취미 생활에 쓸 시간은 한정되어 있다. 차를 끓이는 것조차 귀찮아서 방에는 텅 빈 페트병이 여기저기 굴러다니고 있었다.

주인공은 평소에는 덜렁대는 여고생이지만, 동시에 무대에서 환호성을 받는 인기 아이돌이기도 하다. 그러나 그 실체는 지구의 평화를 지키는 마법 소녀.

여전히 설정이 과하다니까.

멀티태스킹을 하느라 쉴 틈 없이 바빠 보이는 하늘색 머리의 마법 소녀를, 마나는 지친 눈으로 바라봤다.

죽은 생선의 눈이란 지금의 내 눈을 두고 하는 말이 아닐까.

마나는 가끔 예전에 어떤 잡지에서 우연히 읽었던, 독특한 소녀 그림으로 이름을 알린 남성 예술가의 에세이를 떠올린다.

좋은 작품을 바라볼 때의 나는 강아지 같은 눈망울을 하고 있다, 라고 쓰여 있었다. 무언가에 열중하는 자신의 눈을 '강아지 같은 눈망울'이라고 표현하는, 분명 마흔 살은 넘겼을 그 예술가의 천진함이 놀라워서 어쩐지 잊을 수가 없었다.

마나가 느낀 바로는, 이렇게 혼자 방에서 아무 눈치도 보지 않고 좋아하는 애니메이션을 보고 있을 때의 눈은 죽은 생선 정도가 딱이었다. 화면 속 마법 소녀만이 마나의 죽은 눈을 받아주었다. 바깥 세계에서도 이렇게 살아가고 싶은데, 좀처럼 받아들여지지 않는 '죽은 눈'. 마나는 죽은 눈을 하고 있을 때 가장 살아 있음을 느낀다.

교복 또는 아이돌 의상에서 알몸으로 변한 뒤, 다시 빙글빙글 회전하며 마법 소녀의 전투복으로 변신하는 장면이 어김없이 흘러나왔다.

변신 후의 전투복은 교복을 모방한 것으로, 엉덩이가 다 드러나는 치마는 치마라고 부를 수 없을 정도로 짧고 (저걸 뭐라고 불러야 할까), 블라우스 기장도 가슴 위로 올라갈 듯 아슬아슬하다. 풍만한 가슴, 가느다란 허리와 다리. 마법 소녀가 움직일 때마다 속옷이 엿보인다. 적의 공격을 받으면 안 그래도 작은 옷이 갈기갈기 찢겨 살이 더욱 노출된다.

애니메이션의 이런 장면은 어릴 때부터 지금까지 수백 번을 봐왔다. 이제는 정해진 약속이라고 해도 좋을 것이다. 중학생 때까지는 여자아이가 변신 도중에 알몸이 되거나 펄럭이는 치마 아래로 속옷이 보일 때마다 정말 봐도 되는 것인가 싶어 가슴이 두근두근했다. 하지만 어쨌거나 텔레비전에서 해주는 것이다. 봐도 무방하리라. 마나는 어느새 완전히 익숙해져서 일일이 생각하지 않게 되었다.

이제 애니메이션 속 여자아이의 몸은 마나를 안심시켜준다.

이곳에 몸이 있다.

마나가 아무리 쳐다보고 착취하고 능욕해도 눈 하나 깜짝 안 하는 몸이. 만들어진 감정 외에 감정을 가지고 있지 않은 몸이. 결코 상처받지 않는 몸과 마음이.

"미안한데, 금요일 밤은 게이코 씨랑 콘서트에 가기로 했거든. 밥은 다음 주에 먹자. 그때 갔던 타코 가게 어때? 오랜만에 고수 들어간 쌀국수도 먹고 싶다."

사무실에서 맞은편 자리에 앉는 가가와가 고바야시와 그런 이야기를 나눈 건 한 주가 시작되던 날이었다.

"에, 잠깐만, 무슨 콘서트?"

콘서트에는 일가견이 있다는 듯이 고바야시가 상체를 들이댔다.

"××네 그룹. 요즘 인기 있잖아."

"에, 아이돌 그룹?"

종종 잡담을 하러 가가와 자리로 오는 고바야시는 말을 시작할 때 '에'를 붙이는 오타쿠 특유의 버릇이 있었는데, 그 버릇은 마나도 있었으므로 내심 공감하면서 두 사람의 이야기를 듣고는 했다.

"응, 게이코 씨가 완전히 빠졌거든."

그러면서 가가와는 방금 책상 옆을 지나간 남자의 뒷모습을 험악한 얼굴로 쳐다봤다.

"에, 의외다. 게이코 씨라면 전에 여기서 일했던 사람 맞지? 좀 차분한 느낌이었는데."

"첫눈에 반했대. 그때 나도 같이 있었거든. 정말로 '사람이 사랑에 빠지는 순간을 처음 목격했습니다'˚ 하는 느

˚ 영화 〈허니와 클로버〉에 나오는 대사.

낌이었어."

"에, 허니와 클로버? 추억 돋는다. 근데 그거, 전형적인 오타쿠의 입문 과정인데? 나도 그랬었지."

그러더니 고바야시는 사무실 한쪽 구석에서 마치 연기하듯이 먼 곳을 응시했다. 가가와가 웃음을 터뜨리자, 고바야시는 갑자기 진지한 얼굴로 돌아와 말을 이었다.

"장르는 다르지만 이해는 가. 여자 아이돌을 보고 있으면 왠지 기운이 난단 말이지. 에너지가 넘치니까."

"응, 무슨 말인지 알 것 같아. 엄청 열심히 하는 데다가 반짝반짝 빛이 나서 눈을 뗄 수 없게 만들어."

눈앞에서 타이핑 작업을 하고 있는 내가 과거에 아이돌이었다는 사실을 알면 두 사람은 어떤 반응을 보일까.

마나는 손을 멈추지 않은 채 생각했다.

심지어 ××가 소속된 그룹과 같은 계열의 그룹에 있었다는 걸 알게 된다면.

현재 스물네 살인 우나미 마나는 열일곱 살의 나이로 '졸업'을 할 때까지 4년 동안 아이돌 활동을 했다.

4년.

짧지만은 않은 세월이다.

그러나 이제는 마나가 아이돌이었다는 사실을 알아차

리는 사람은 없다.

활동 당시 이름을 히라가나로 표기하거나 한자를 바꿔 쓰거나 하는 것은 허용됐지만, 소속사는 원칙적으로 여자 아이돌에게 본명을 사용할 것을 요구했다. 그렇게 하는 편이 '만나러 갈 수 있는 아이돌'이라는 콘셉트에도 맞고 친숙하게 느껴진다고 생각했을 것이다. 여자아이들은 애당초 자신의 신변을 지켜줄 '예명'이라는 방패 하나 가질 수 없었다.

하지만 당시의 마나는 그런 부분은 생각조차 하지 않았다. 성이 강한 느낌이니 이름인 '마나'를 히라가나로 쓰면 부드러워 보여서 기억하기 쉬울 거야. 최종 오디션에 합격해 기대에 부풀어 있던 마나는 기뻐하는 어머니와 의논 끝에 '구마노 마나熊野まな'로 활동하기로 결정했다.

아이돌 활동이 시작된 뒤로는 자신의 캐릭터를 인상에 남기기 위해 귀여운 곰 그림을 연습했고,˚ 사인을 할 때면 늘 그 그림을 그려 넣었다. 곰 인형이나 소품들로 가득 채운 방이 화면에 같이 담길 수 있도록 밤낮으로 셀카에 열중했다.

● '구마노'의 '구마'는 일본어로 곰을 뜻함.

열여섯 살 가을, 부모님의 이혼으로 마나는 어머니의 결혼 전 성을 따르게 되었지만, 이제 막 캐릭터가 자리 잡기 시작한 무렵이었기 때문에 활동할 때는 변함없이 '구마노 마나'라는 이름을 사용했다.

그게 '졸업' 후의 마나를 구해준 셈이었다. 어머니의 성이 특이했던 덕도 있었지만, 이제는 우나미 마나라는 이름을 듣고 그가 아이돌이었다는 사실을 유추할 수 있는 사람은 거의 전무했다. 인터넷으로 직장 동료나 동창생도 찾아볼 수 있는 시대다. 하지만 아이돌을 그만둔 뒤에 알게 된 사람들이 검색해본다 한들 '우나미 마나'에 대한 정보는 나오지 않는다. 게다가 아이돌 시절에 주기적으로 블로그를 업데이트해야 하는 지옥을 경험했던 터라 SNS라면 그저 구경만 할 뿐이었다.

무엇보다 구마노 마나는 인기가 없었다. 그뿐이었다.

수시로 변동은 있었으나 각 지역, 그리고 해외까지 흩어져 있는 계열 그룹의 멤버를 모두 합치면 800명에 가까운 아이돌이 소속되어 있었다. 멤버 수가 적은 그룹조차 한 교실의 학생 수만큼은 족히 되었다. 그 안에서 눈에 띄는 것, 다시 말해 '잘 팔리는' 것이 얼마나 어려운 일인지는 오디션을 보기 전부터 대충 알고 있었다. 그보다 마나는 자신이 아이돌이라는 사실이 기뻤다.

나는 아이돌이다.

센터로 선발되지 않아도, 카메라에 잡히지 않아도, 악수회에서 다른 멤버 앞의 줄이 훨씬 길어도, 그건 흔들림 없는 사실이었다. 원래 아이돌이 되고 싶다는 것 이상의 꿈은 없었고, 꿈을 이뤄버린 마나는 그걸로 충분히 만족스러웠다. 센터에서 노래하는 잘나가는 멤버와 똑같은 의상을 입고 똑같은 춤을 추는 자신이 자랑스러웠다.

멤버가 많으니까 어쩔 수 없지.

자신이 인기가 없다 해도 '아이돌 그룹'이라는 형태가 적절한 핑계가 되었다. 현재의 상태에 의문을 품지 않는다면 마나는 계속 아이돌로 있을 수 있었다. 인기 그룹의 아이돌로서.

게다가 쓸데없는 생각을 할 여유가 없었다. 마나가 소속된 그룹은 제대로 훈련도 안 된 아이들을 데뷔시켰다는 둥 마치 학예회를 보는 것 같다는 둥 하는 비난을 받는 일이 많았지만, 그렇다면 어차피 학예회나 하고 있을 터인 자신들은 왜 이렇게 매일 연습이며 공연으로 녹초가 되어 있는 것일까, 학예회란 이렇게 고되고 필사적인 것일까, 하고 억울해할 만큼 바쁜 나날의 연속이었다.

안 보는 편이 좋았을까, 지금도 마나는 알 수가 없다. 모르는 채 있었더라면, 여전히 아이돌로 지낼 수 있었을까. 그날은 예고 없이 찾아왔다.

링크였다.

고작 링크 하나, 그저 숫자와 기호의 나열. 하지만 그건 아이돌 마나의 미래를 파괴했다.

그 링크는 구마노 마나의 공식 블로그에 업데이트된 최신 글 밑에 유유히 등장했다.

간식으로 받은 부드러운 푸딩을 입에 한가득 물고 있는 자신의 사진과 거기에 짧게 덧붙인 감상. 맛있어~, 뭐 이런 느낌이었던 것 같다. 그리고 몇 개의 이모티콘. 특별한 것은 없었다. 평소와 다를 바 없는 무난한 게시물이었다.

마나낭하고 좋아하는 디저트가 같아서 기쁘다.

오늘도 귀여워.

살 쪘어?

마나낭 수고했어~

눈 밑에 다크서클 좀 봐.

그것은 다른 댓글들 사이에 아무렇지 않은 듯 끼어 있었다.

외모에 대한 댓글에는 이미 익숙해져 있었다. 아니, 지금 생각하면 익숙한 척을 했던 것 같다. 칭찬하든 비난하든 걱정하든, 그것이 선의건 악의건 간에 외모와 관련된 댓글이면 마나에게는 전부 똑같은 소리로 들렸다. 아이돌이란 사람들에게 보여지는 대상이고, 구마노 마나는 아이돌인데, 이 정도도 받아들이지 못하면 어쩌겠는가.

오히려 고맙다. 팬들의 댓글은 고마웠다.

조회 수, 댓글 수, 투표 수. 요즘 아이돌의 인기는 숫자로 증명된다. 숫자를 가장 많이 모은 아이돌이 승리를 거두는 것이다.

팬들에게 더 많은 댓글을 받을 수 있도록. 더 예뻐지도록. 가능성을 넓혀서 무엇이든 할 수 있도록.

우습지만 당시의 마나는 그 나름대로 필사적이었다.

악성 댓글이나 스팸은 스태프가 그때그때 삭제해줬고, 마나도 항상 경계했다. 불특정 다수에게 상처를 받기도 하는 직업임은 이미 알고 있었기 때문이다.

그런데, 안이했다.

왜 그 링크를 누르고 말았을까, 아직도 마나는 알 수

없다. 피곤해서 경계심이 풀어졌던 걸까, 뭔가 좋은 일이 있어서 대담해져 있었던 걸까, 아무 생각이 없었던 걸까. 마나는 그저 안이했던 것이다. 이 세계에 대한 인식이 안이했다.

나타난 건 글자였다. 검은 화면에 가득 찬 하얀색 글자. 어딘지 모르게 불길한 글씨체와 배색을 마주한 시점에서 수상하게 여기고 물러날 수도 있었을 것이다.

하지만 마나의 눈은 이미 읽기 시작한 상태였다. 눈으로 본 것을, 읽은 것을 잊어버리기란 이토록 어려운 일이었구나, 마나는 지금도 여전히 놀라울 따름이다.

그건 소설이었다. 소녀와 어떤 남자의 사랑 이야기가 일인칭 시점으로 쓰여 있었다. '나'가 스토커에게 당할 뻔한 소녀를 구해준 일을 계기로 사랑이 시작된다.

소녀의 이름은 구마노 마나. 고고한 아이돌인 소녀는 '나'를 만남으로써 처음으로 구원을 받았다며 눈물을 흘린다. 지금껏 아무도 나를 이해해주지 않았어, 당신 외에 그 누구도. 나는 줄곧 외톨이였어. 그리하여 구마노 마나는 '나'에게 몸과 마음을 맡기게 된다.

글쓴이는 극장 공연이나 악수회에 찾아오는 열성 팬 중 한 명인지, 방송이나 잡지에 나오는 비중이 적은 마나의 신체를 잘 알고 있었다.

깡마른 다리에 비해 묘하게 살이 붙은 팔뚝. 왼쪽 겨드랑이 밑에 있는 큰 점. 바깥쪽으로 살짝 휘어진 약지.

마나의 신체적 특징은 두 사람의 친밀도를 나타내는 효과적인 기호로서, 주로 섹스 장면에서 활용되었다.

두 사람의 '첫 경험' 장면에서는 '나'가 조심스레 벗긴 하얀색 레이스 브래지어에 실제 마나의 가슴 사이즈가 정확하게 적혀 있기까지 했다. '나'는 구마노 마나의 가슴을 부드럽게 감싸 쥐고, 옅은 꽃조개처럼 분홍빛이 감도는 유두를 입에 머금는다. 마나의 유두는 금세 딱딱해진다.

구마노 마나는 '나'에게 사랑받으며 몸부림치고, 신음하고, 물을 뿜는다.

글쓴이는 마나 본인조차 본 적이 없는 그 작은 성기의 외부와 내부를 집요하게 묘사하며, 단단해진 '나'의 성기가 얼마큼의 환희와 함께 받아들여졌는지를 서술했다. 마나의 작은 입에 다 들어가지도 않을 만큼 큰 '나'의 성기는 마나의 몸속에 하얀 액체를 몇 번이나 쏟아내고, 이윽고 마나의 납작한 배는 부풀어간다. '나'와 마나는 보드라운 배 위에 손을 얹고 함께 미소 짓는다. 진부함의 연속.

지금의 마나였다면, 야동에서 본 걸 그대로 믿고 자기

좋을 대로 써댔네, 하고 웃어넘길 수 있었을 것이다. 그런 꽃조개 같은 유두를 가진 여자는 없거든, 절정 묘사가 고작 물을 뿜는 것이냐, 상상력 좀 발휘해라, 하며 쓸데없는 디테일에 꼬박꼬박 딴지를 걸었을지도 모른다.

하지만 그 소설은 연애 금지령을 착실히 지키던 10대 여자아이에게, 반짝거리는 아이돌 세계만을 꿈꿔온 순진한 여자아이에게, 가려져 있던 세상의 또 다른 이면을 보여주고 말았다.

무엇보다 '나'는 40대 남자였다.

아마도 '나'와 동일하게 40대 남자일 것으로 추측되는 그는 일말의 의문도 없는 듯한 태평한 필치로 10대의 마나와 자신의 연애소설을 완성시켰다. 그것만으로는 성에 차지 않았는지, 마나 본인이 읽어줄지도 모른다는 한줄기 희망을 품고 링크를 남긴 것임에 틀림없었다. 아니면 그 페이지를 발견한 다른 누군가가 반쯤 장난삼아 남겼을지도 모른다.

실제로 불법 촬영이나 악질적인 스토커 피해로 힘들어하는 멤버도 있었는데, 그런 와중에 중상모략이라고도 할 수 없는 단지 러브스토리의 상대역이 됐을 뿐인 자신이 무엇을 호소할 수 있을까. 마나는 매니저에게도 멤버에게도 그 누구에게도 말하지 않았다. 스태프가 발견했는지 그 링크는 어느 틈엔가 댓글 창에서 사라졌다.

다만 마나 안에서 확실하게 무언가가 망가졌다. 검은 것이라고밖에 표현할 길 없는 끈적끈적한 것이 마나의 장기 하나하나에 들러붙어 씻어낼 수도 없었다. 40대 남자에게 '연애'를 전제로 범해지는 자신의 모습은, 마나의 머릿속에, 그리고 소설에서 묘사된 마나의 신체 부위 구석구석에 들러붙어버렸다.

시시하고 무해한 팬의 판타지라고 이 또한 이해하고 넘어갔으면 좋았을까. 10대 여자아이가 그렇게까지 하지 않으면 아이돌로 있을 수 없는 것일까.

마나는 아이돌의 한쪽 면밖에 알지 못했다. 한 면은 예쁜 의상을 입고 노래하고 춤추는, 또래 아이들의 동경의 대상. 다른 한 면은 남자들에게 성적으로 소비되는 존재. 그래도 모르는 척 웃으며 손을 흔든다. 그것이 아이돌이었다.

당시 마나는 극복하려고 했다. 일선에서 활약하는 선배들이 이런 사실을 몰랐을 리는 없을 테니 말이다. 그들은 통과 의례로 받아들이고 날개를 한층 더 펼쳐 위로 올라갔을 것이다. 그러니 자신도 그렇게 하면 된다고, 이 역경을 발판으로 삼자고, 마나는 다짐하며 멈추지 않고 방긋방긋 웃었다. 요즘 열심히 하네, 잘하고 있어, 하며 팬들과 스태프들에게 칭찬을 들을 정도였다.

하지만 웃음을 지으려고 입에 신경을 집중시키면 그 입이 소설 속에서 어떻게 이용되었는지 떠오르고 말았다. 춤을 추다가 다리를 차올릴 때면 그 다리 안쪽이 남자들에게 어떤 의미를 지니는지, 자신의 의지와는 상관없이 상기되었다. 실제로 일어난 일도 아닌데, 그냥 이야기였을 뿐인데, 정말로 있었던 일처럼 불쾌한 감촉이 느껴졌다.

'상상하게 만든 죄'는 어째서 범죄가 되지 않을까.

마나는 온 힘을 다해 춤을 추는 것이, 팔다리가 노출되는 의상을 입는 것이 두려워졌다. '팬'이라는 이름의 성인 남자들과 악수하는 것이, 그들 앞에 모습을 드러내는 것이 두려워졌다. 그들은 소설 속 '나'였다. '나'는 마나의 다른 쪽을 보고 있었다. 마나가 바라봐주길 원하는 쪽이 아닌 다른 한쪽을.

아이돌에게는 인격 따위 없다. 그러니 구마노 마나에게는 인격은 없었을 터였다. 그룹은 아마추어 같은 느낌을 매력으로 내세워, 각자의 캐릭터를 잘 살리고 있는 것처럼 보였지만, 그 역시 절반은 만들어진 캐릭터였다. 진정한 의미에서 인격은 없었다. 아니, 인격을 지니지 않는 존재가 아이돌이라고 마나 자신도 믿고 있었고, 따라서 인격을 지니지 않은 척했다. 다양한 기능을 탑재한 움직이는 인형처럼. 마나는 기존 아이돌의 모습을 따랐을 뿐이었다. 새로운 시도를 해야겠다는 생각조차 하지 못했다. 하지만 아니었다. 마나에게는 인격이 있었다. 인격을 지닌 마나가 더는 안 되겠다고 외치고 있었다.

그 뒤의 이야기는 아주 간략하다. 인기 없는 아이돌 한 명이 새삼스럽지도 않은 '졸업'을 했을 따름이다. 인터넷에 기사는 실렸지만 '누군데?' '모르는 사람 기사 필요 없어요' 따위의 뻔한 댓글이 몇 개 달렸을 뿐, 그걸로 끝이었다. 구마노 마나는 세상에서 사라졌다.

아이돌을 '졸업'한 뒤 자퇴했던 고등학교 졸업장을 따기 위해 공부를 시작한 마나는 원래부터 좋아하던 애니메이션에 더 깊게 빠져들게 되었다. 성인이 되고 사회인이 되어서도 그 취미는 쭉 이어지고 있다.

애니메이션은 강하다.

지금 눈앞에서 긴 팔다리와 풍만한 가슴을 드러내놓고 강력한 적과 싸우는 마법 소녀는 마나의 시선에 결코 굴하지 않는다. 그렇게 생각하면 마나는 안심이 되었고, 구원을 받는 기분이었다.

애니메이션을 볼 때 마나는 '나'와 같은 시선을 하고 있는 자신을 발견하곤 한다. 그런 시선으로 볼 권리를, 팬의 특권을 마나는 줄곧 갈구해왔다. 마법 소녀의 건강한 아름다움을, 비현실적인 육체를 언제까지고 눈에 새겨두고 싶었다. 야해, 라고 말하며 악의 없이 미소 짓고 싶었다. 자신에게 육체가 존재한다는 사실을 잊고, 철저히 관망하는 쪽에 서고 싶었다.

애니메이션의 엔딩 크레딧이 끝나자, 마나는 곧바로 문서 파일을 열어 쓰다 만 소설을 이어서 쓰기 시작했다.

최근 몇 년 동안은 최애를 향한 사랑과 열정을 주체하지 못해 결국 2차 창작에도 손을 대게 되었다. 좋아하는 캐릭터를 주인공으로 설정해서 마음 가는 대로 이야기를 써 나가다 보면, '좋아한다'라는 감정의 윤곽이 뚜렷해지고 정리되는 기분이 든다. 캐릭터에 대한 이해도 깊어진다.

그때 그건 2차 창작이었구나.

이렇게 되고 보니 자신을 주인공으로 해서 이차 창작을 했던 그 남자가 조금은 이해가 되는 것 같기도 했다. 남자에게 있어 마나는 살아 있는 육신이었고, 동시에 살아 있는 육신이 아니었을 것이다. 어쩌면 상대가 감정을 지닌 인간인지 아닌지는 상관없었던 것일지도 모른다. 하지만 내용이 내용이었던 만큼, 적어도 당사자의 눈에 띄어서 좋을 것은 없었다. 그런데 감정이 없는 애니메이션 캐릭터면 무슨 짓을 해도 상관없다는 것인가. 복잡하게 생각해봤자 어쩔 도리가 없다. 어쨌든…….

 아저씨, 제정신이야?

 몸매가 드러나지 않는 헐렁한 검정색 추리닝을 위아래로 갖춰 입은 마나는, 책상다리를 하고 앉은 다리에 피로를 느껴 한쪽 무릎으로 바닥을 짚고 자세를 고쳐 앉았다. 까르보나라 우동은 진작에 식어 있었다.

※

 똑같은 몸인데, 성적으로 보이거나 그렇지 않거나 하는 것이 신기하다.

 위잉, 하는 기계음과 함께 양 다리가 크게 벌려지고, 평소에 고관절 스트레칭을 하지 않았다면 다소 고될 법한 위치에서 고정된다.

 허리 언저리에 커튼이 쳐져 있어서 그 너머에 있는 의사의 모습은 보이지 않았다.

 그러나 앞서 짧은 면담 시간을 가졌던 터라 이미 얼굴은 마주한 뒤였다. 이 커튼은 과연 필요한 배려일까, 매번 검사를 받을 때마다 게이코는 생각했다. 다리를 벌린 채 시선만 가리는 것이 무슨 소용이람. 의사와 눈이 마주치는 것도 어색하긴 하지만.

 의사의 감색 바지가 가까워지는 것이 보이고, 뭔지 모를 기구가 성기에 삽입되었다. 선뜩하고 단단한 감촉은 통증과는 또 달라서, 마음속에서 어떻게 분류하면 좋을지 당황스럽다. 무심코 위를 보니, 천장에 매달린 인조 담쟁이덩굴이 내시경과 초음파용 작은 스크린으로 뻗어 있었다. 저런 게 필요해?

"자, 끝났습니다."

감색 바지가 멀어짐과 동시에, 조금 전에는 없었던 여자의 목소리가 들렸다. 다시 위잉, 하는 소리와 함께 다리가 모아졌다.

"양말이 귀여워요."

여자의 목소리가 그렇게 말했다.

"아, 고마워요."

"E.T인가요?"

"E.T예요."

의식하지 않고 있었는데, 오늘 신은 양말은 소년이 자전거 바구니에 E.T를 태우고 달리는 실루엣이 양말 전체에 그려진 것이었다. 딱히 별다른 이유 없이 얼마 전에 가가와가 준 것이다. 다리를 쩍 벌린 채 보이지 않는 상대에게 양말을 칭찬받는 상황이 우스웠다. 그러고 보니 게이코는 이 영화를 처음부터 끝까지 본 적이 없다. 어릴 적 텔레비전에서 수도 없이 해줬는데. 그땐 아직 너무 어렸을지도 모른다.

의자에서 내려와 바구니에 넣어두었던 속옷과 와이드 팬츠를 서둘러 입고, 이미 자리로 돌아와 있는 의사 앞에 가 앉았다. 아무 일도 없었다는 듯이 안쪽에서 조용히 일하고 있는 저 간호사가 아까 게이코의 양말을 칭찬해준 사람일까. 꼿꼿한 옆얼굴에는 이미 아무런 단서도 남아 있지 않았다.

검사 결과를 들으러 일주일 뒤에 다시 오기로 했다. 게이코는 지역 검진 지정 병원인 작은 산부인과를 나와 좁다란 계단을 내려갔다.

아스팔트길을 걸었다. 화과자 가게와 라면 가게가 늘어선 상점가를 자전거가 오갔다. E.T는 타고 있지 않았다.

지하철역 방향으로 걸어가면서 게이코는 어쩐지 후련한 기분이 들었다.

병원처럼 자신의 몸이 성적으로 취급되지 않는 장소, 단지 검사나 처치가 필요한 국부로서 처리해주는 장소를 한 군데라도 알고 있으면 마음이 놓인다. 이게 보통이다, 라고 안심할 수 있다. 분만실도 그렇지 않을까.

사람에 따라서는 부끄러움이나 두려움 때문에 산부인과 검진을 미루기도 한다는데, 게이코는 검진이 좋았다. 오늘처럼 환자의 성기가 훤히 드러나 있어도 양말 이야기를 꺼내는 무심함이랄지, 그런 걸 신경조차 쓰지 않는 경지에 이른 느낌이 좋았다. 상대방이 이쪽의 신체 부위를 부끄러운 것으로 여기지 않는다면 이쪽 역시 부끄럽지 않다.

상점가 입구에 다다르자, 순간 게이코를 앞지르듯 강한 바람이 몸을 뚫고 지나갔다.

똑같은 몸인데 성적으로 보이거나 그렇지 않거나 하는 것이 신기하다.

게이코는 다시 한 번 생각했다.

오후의 사무실은 완연히 누그러져 아침의 긴장감은 조금도 느껴지지 않았다. 일정한 인원이 저마다의 역할에 따라 움직이고 이야기하고 일하는 것만으로도 이처럼 매일 순조롭게 분위기가 풀어지다니, 흥미로운 일이다.

번득거리는 차가운 벽에 손을 가져다 대면 예상 외로 흐늘거려서 팔까지 삼켜버리지 않을까.

그런 쓸데없는 생각을 할 여유가 있을 정도로 게이코는 새로운 직장에 적응했다. 직종은 사무직이지만, 해외 기업과 업무 제휴를 맺고 있어서 오전 출근과 오후 출근으로 나뉘져 있고, 오후 출근반의 근무 시간은 한 시부터 아홉 시(혹은 오후 두 시부터 열 시)까지다. 반대로 오전 출근반은 해질녘에는 퇴근할 수 있다. 오늘처럼 굳이 반차를 내지 않고도 출근 전에 검진을 받을 수도 있고, 이른 시간에 열리는 이벤트나 콘서트에 다녀올 수도 있다.

몇 달 전 인터넷에서 모집 공고를 발견했을 때 비교적 유연한 곳이겠다고 직감했는데, 실제로 그랬다.

유연한 곳에는 유연함을 추구하는 사람들이 모이는 법이라 직장 분위기도 그런대로 나쁘지 않았다. 그런 일이 있었던 이전 직장도 그런대로 나쁘지 않다고 생각했던 터라 안심할 수는 없지만. 그러나 돌이켜보면 그런대로 나쁘지 않다고 여겼던 직장에 다닐 때에도 게이코는 마음이 놓였던 적이 없었다. 어디에 있어도 마찬가지였는지 모른다.

게이코는 잃어버린 것들을 하나씩 되찾기 위해 생활했다. 생활을 계속했다.

×× 그룹을 따라다니거나, 터무니없는 목표를 향해 정진하거나, 가가와의 취미 생활을 함께 즐기거나, 그 속에서 인간관계가 넓어지거나 하면서 다시 제자리로 돌아오기 시작한 게이코의 하루하루는 알차게 지나갔다.

세상은 이렇게나 멋진 것들로 가득하고, 모두가 저마다의 최애에 눈을 반짝이고 있는데, 어쩐지 일본 사회 전체가 게이코의 눈에는 불온한 모습으로 비쳤다. 착각도, 지나친 생각도 아니었다. 이제는 감추려야 감출 수도 없이, 확실하게 불온했다. 지그소 퍼즐의 나머지 조각이 딱

딱 들어맞아가듯 불온함은 속도를 더해가고 있었다.

언제부터 이렇게 됐을까.

생각해보지만, 답은 명확했다.

항상.

항상, 항상 이랬다.

다만 세상은 좋은 방향으로 나아가는 법이라고, 그건 역사가 증명해주고 있다고, 실수는 되풀이되어서는 안 된다고, 게이코는 학교에서 분명히 배웠다.

그 감각은 게이코의 내면에 스며들어 있었고, 따라서 의심 따위 하지 않았다. 사회는 좋은 방향으로 나아가는 법이라고. 그것이 바로 사회라는 것이라고. 나쁜 부분은, 공정하지 못한 부분은 개선되어간다고.

설마, 진심으로 옛날로 돌아가고 싶어 하는 사람들이 있으리라고는 상상도 하지 못했다. 그들이 시간을 들여서 시계를 거꾸로 돌릴 준비를 하고 있었을 줄이야. 애초에 단 한 번도 좋아진 적이 없는데, 모든 건 고작 과정이었는데.

강수 확률 30퍼센트.

오후 일찍 소나기가 내리더니 그 후로는 시멘트 같은

하늘이 버티고 있었다. 어쨌든 결심에는 흔들림이 없었고, 가방 안에는 짙은 남색 우비가 들어 있었다.

게이코는 하늘과 똑같은 색깔을 한 회사 현관을 지나 전철역으로 향했다.

오늘은 비가 올 것에 대비해 고무 소재로 된 단화를 신고 왔다. 회사에는 준비성이 지나치게 철저한 몇 명이 장화를 신고 오기도 했는데, 게이코의 신발은 발레 슈즈 타입이어서 비 오는 날 신는 신발 같은 느낌은 거의 나지 않았다. 예전에 비해 레인슈즈의 선택지가 늘어나서 생활이 훨씬 윤택해졌다.

힐을 신지 않게 된 지 꽤 됐다.

학생 시절, 회의장 단기 아르바이트 오리엔테이션에서 배부받은 '바람직'한 용모를 제시해놓은 일러스트를 게이코는 기억하고 있다.

유인물에는 남자와 여자가 그려져 있었다. 남자는 하얀 셔츠에 정장, 검정색 가죽 구두, 검정색 머리였고, 여자는 하얀 셔츠에 정장, 무릎 기장의 치마, 스타킹, 굽 높이가 지정된 구두, 검정색 머리였다. 공통적으로 강조하고 있던 것은 청결감이었다.

그 일러스트는 일을 한다는 것은 이런 것이구나, 하는

생각과 함께 게이코의 뇌리에 입력되었다.

그렇지만 굽 높이를 지정해놓았다 하더라도 설마 직접 재보지는 않을 테니, 집 근처 대형 마트의 신발 코너에서 파는 저렴한 인조가죽 구두를 사 신고 갔다.

돈이 필요해서 일을 하는 건데 일을 하려면 돈이 든다는 사실이 이상하게 여겨졌지만, 원래 그런 법이라고 한다면 별수 없다. 사회의 규칙이나 매뉴얼대로 따라 해보는 것이 생소하고 재미있을 시기이기도 했다. 시키는 대로만 하면 문제없이 사회의 일원이 될 수 있다는 것이 재미있었다.

아르바이트 첫날, 함께 소집된 게이코보다 꽤 나이가 많은 여성들, 이른바 아줌마들이 현장을 담당하는 여성에게 우르르 몰려가 치마가 아니어도 되나요, 굽 있는 신발이 아니어도 되나요, 하며 흥정하는 모습을, 게이코는 마치 자신과는 상관없는 일인 양 조금 떨어진 곳에서 멍하니 보고 있었다.

본부에 연락해 확인해본 담당자가 가능하다고 양팔로 동그라미를 만들며 돌아오자, 사람들은 박수로 맞아주었다.

검정색 정장이 없어요, 라며 감색이나 회색 정장으로

버티는 아줌마. 미안해, 미안해, 발이 아파서, 라고 검정색 운동화를 신고 오는 아줌마. 게이코의 정장 주머니에 사탕을 찔러 넣어주는 아줌마. 스타킹을 착용하라고 했음에도 잔꽃무늬 양말을 신고 나타나는 아줌마.

그들의 모습을 보며 일을 한다는 것은 이런 것이구나, 하고 게이코는 배운 것을 업데이트했다.

일을 한다는 것은 제시된 '바람직'한 용모를 '적당히' 따르는 것이다.

그때의 배움은 마냥 엉뚱한 것만도 아니어서, 그 후로 어느 직장에 가나 비슷한 방식으로 그럭저럭 넘겨왔고, 그건 주위 여성들도 마찬가지였다. 은근슬쩍 규칙을 어기고 그로 인해 지적을 당하면 내일부터 주의하겠습니다, 하고 사과하지만 며칠만 지나면 다시 똑같아진다.

솔직히 말해서 힐을 신지 않았다느니 복장이 규정에 위배된다느니 화장이 진하다느니 옅다느니 나무라는 사람은 그저 한가하게만 보였다. 세상에는 한가한 사람이 너무 많았다.

그리고 이제서야 알게 된 것이 있다.

당시 게이코는 아줌마들이 그러는 것이 돈을 아끼느라고, '바람직'한 옷이 정말 없기 때문이라고 생각했다. 그것도 틀린 건 아니었지만, 그들은 애초부터 규칙을 따를 생각이 없었던 것이다.

또 하나 떠오르는 일이 있다. 20대가 끝나갈 무렵, 친구가 활동하던 취주악 동호회에서 발표회가 있어 잘 모르는 동네에 있는 시민회관까지 보러 간 적이 있었다.

마음은 무대에서 피콜로를 연주하는 친구의 멋진 모습을 두 눈에 담고 싶었지만, 눈은 검은 하의에 흰 셔츠 일색인 무대에서 홀로 새빨간 셔츠를 입고 경쾌하게 호른을 불고 있는 여성에게 자꾸 끌려가버렸다.

공연이 끝난 뒤 로비로 나온 친구에게 빨간 셔츠를 입은 여성에 대해 묻자, 샹들리에 조명 아래에서 친구는 성취감에 찬 얼굴로 웃으면서 "뭐라더라, 흰 셔츠가 없었다나 봐"라고 대답했다.

흰 셔츠는 당시에도 이천 엔 정도면 살 수 있었고, 셔츠가 없으면 가지고 있는 흰색 티셔츠를 입으면 튀지 않았을 텐데. 색깔이야 어쨌든 셔츠니까 됐겠지, 라는 생각이었을까. 발표회라고 해서 옷을 새로 사거나 할 마음이 조금도 없었던 그 호른 연주자를 생각하면서 게이코는 두 번 다시 올 일이 없는 그 낯선 거리를 뒤로했다. 역 앞에 커다란 소철나무가 있었던 것도 기억에 남아 있다.

벌써 사람들이 모여 있었다.

시위에 참가하는 건 처음이었지만, 평소 게이코가 '시위'라는 단어에서 연상하던 삼엄함은 그다지 느껴지지 않았다. 나이가 비슷하거나 젊은 사람들이 많았기 때문일지도 모른다.

곳곳에서 악기 소리가 들렸고, 하늘에는 플래카드와 깃발이 넘실거렸다. 어딘지 모르게 축제 같은 분위기가 감돌았다. 진지한 축제.

가장 가까운 역과 관저 앞 주변에는 경찰들이 늘어서 있었는데, SNS에 공유된 정보대로 봉쇄된 곳을 피해 우회로를 따라 걸어온 덕에 혼란 없이 도착할 수 있었다. 어깨에 멘 가방 끈을 쥔 손에 바짝 힘이 들어갔다.

음악과 함께 앞쪽에서 선창한 구호가 무수한 사람들의 목소리를 타고 게이코가 있는 뒤쪽까지 거침없이 전달되었다. 영상으로밖에 본 적은 없지만, 공연장에서 가수가 팬들에 대한 신뢰의 증거로서 객석으로 다이빙해 팬들의 손에서 손으로 옮겨지는 장면이 떠올랐다.

전달된 말이 사라지지 않도록 게이코도 목소리를 높였다.

분노를 띤 소리는 의외로 쾌활했다. 어쩌면 그것을 쾌활함으로 받아들일 수 있을 만큼 게이코가 적응한 것일지도 모른다.

군중이 일렁일렁 흔들리고, 플래카드 위에서 글자들이 춤을 췄다.

날씨 변화에 대응할 수 있는 복장을 갖추고, 마실 것을 지참하고, 땅에 딱 달라붙는 편한 신발을 신고서 이곳을 찾아온 사람들이 이렇게나 많다는 사실이, 게이코는 새삼 놀라웠다.

퇴근하고 곧장 온 것으로 보이는 사람들도 많았다.

퇴근길에 가볍게 들러 시위에 참여하는 그런 일상을 게이코보다 훨씬 앞서 시작한 사람들. 출근 가방에서 익숙한 손놀림으로 종이 피켓을 꺼내 머리 위로 높이 펼쳐 드는 모습이 든든했다.

나는 지금 저항하는 사람을 보고 싶었던 것이구나, 라고 게이코는 깨달았다. 저항하는 사람들 속에 있고 싶었다.

'적당히' 타협하는 것도 분명 하나의 전략이었다. 하나의 방어 방법이었다.

하지만 '적당히' 하는 것만으로는, 좋게좋게 넘어가는 것만으로는 이쪽의 의사가 제대로 전달되지 않는다는 사실을 안타깝지만 인정할 수밖에 없는 상황이었다. 아니, 전달됐어야지. 알아들었어야지. 그렇게 생각한다. 그뿐이다. 모르는 사람이 잘못된 거다. 하지만 정말 모르고 있거나, 혹은 계속해서 모르는 척하며 이대로 끌고 가려는 사람에게는 어떻게 대응해야 할까. 게이코는 그 답을 찾는 중이었다. 여기 있는 사람들 모두가 그럴 것이다.

밤이 내려앉았다.

참가자들이 불빛을 만들어냈다.

백엔숍에서 파는 야광봉과 손전등. 사전에 공지된 권장 준비물이다.

게이코도 스마트폰 화면을 켜서 하늘을 향해 들었는데, 화면이 금세 꺼지는 바람에 다시 서둘러 홈 버튼을 눌렀다.

우물쭈물하며 그러기를 몇 번, 보다 못한 옆에 있던 젊은 커플의 남자가 "이게 더 밝아요" 하며 스마트폰의 손전등 기능을 알려줬다. 게이코는 크고 강렬해진 불빛을 높이 들어올렸다. 빛의 수는 점점 늘어났다.

"뒤에 봐봐, 굉장해."

"그러게, 굉장하다."

"끝이 안 보여."

격앙된 목소리로 이야기하는 옆 커플을 따라 뒤를 돌아보자, 어느새 사람들로 가득 차서 처음에는 뒤쪽에 가까웠던 게이코의 위치가 이제는 중간 어디쯤이 되어 있었다.

더 큰 구호가 일어 반사적으로 앞을 보려 한 순간, 게이코의 눈이 그를 발견했다.

대각선 뒤쪽에서 헐렁한 검정색 점퍼를 입고 후드를 깊게 뒤집어쓴 짧은 머리의 여자아이가 게이코와 마찬가지로 스마트폰을 빛내고 있었다. 다른 사람들처럼 불빛을 하늘을 향해 뻗지 않고 가슴 언저리에서 꼭 안고 있어서 게이코가 잘 아는 하얀 얼굴이 살며시 비추어 드러났다.

××다.

그렇게 확신한 게이코가 눈을 크게 뜬 순간, 전방에서 노호와 환성이 크게 충돌했고 사람들이 난데없이 앞쪽을 향해 달리기 시작했다.

결궤,˚ 결궤, 하는 낯선 단어가 사방에서 들려왔지만 게이코는 한동안 그 단어에 어떤 뜻도 대입할 수 없었다.

결계?

(점술사?)

˚ 방죽이나 둑 따위가 물에 밀려 터져 무너짐. 또는 그런 것을 무너뜨림.

혈해血海?

(피바다는 싫은데.)°

"앞으로!"

"앞으로!"

모두가 외쳤다.

앞으로 달려 나가는 사람들에게 방해가 되지 않도록 잔달음질로 전진하면서 눈은 필사적으로 검정색 점퍼를 좇았지만 그 모습은 이미 어디에도 보이지 않았다.

하지만 게이코의 눈에는 그 실루엣이 선명하게 새겨져 있었다. 잘못 봤을 리 없다. 지금껏 일편단심으로 지켜봐 온 사람을 착각할 리가 있을까.

게이코는 내달렸다.

"메시지 읽음 표시가 안 떠."

가라앉은 목소리로 가가와 아유무가 말했다.

"얼마나 됐는데요?"

마치 인간관계에 고민하는 중학생들의 대화 같다는 생각을 하면서 우나미 마나는 작업하는 손을 멈추지 않은

● 일본어로 '결궤' '결계' '혈해'는 모두 발음이 같음.

채 물었다. 오늘은 처리해야 할 일이 많다. 서둘러 하지 않으면 야근을 해야 한다. 빨리 집에 가서 소설을 완성하고 싶었다.

"음, 아마 오늘로 나흘, 아니 닷새째일 거야."

"닷새면 좀 이상하긴 하네요."

컴퓨터에서 고개를 든 마나는 눈을 내리뜬 아유무의 긴 속눈썹에 시선을 빼앗겼다.

이게 시술을 안 한 거라니.

마나는 연장 시술을 한 자신의 속눈썹을 무심코 깜빡였다.

"그렇지? 게이코 씨가 좀 고지식한 면도 있고, 워낙에 성실한 사람이라 이렇게까지 오래 메시지를 확인하지 않은 적이 없었거든. 무슨 일이 생긴 게 아닌지 걱정되네."

아유무는 진심으로 걱정하는 모습이었다. 마나는 자세를 고쳐 앉았다.

"게이코 씨랑 마지막으로 대화한 게 언제였어요?"

"무슨 시위에 나가보겠다고 하길래, 그다음 날인가 어땠냐고 메시지를 보냈는데 안 읽더라구."

"시위요?"

"응, 시위."

"무슨 시위인데요?"

"관저 앞 시위."

"아, 그거. 요즘 자주 하는 것 같던데."

"그런 거 같아."

"전화해보는 건 어때요?"

아유무는 곤란하다는 듯 고개를 갸웃했다. 웬일로 네일 아트를 하지 않은 손톱으로 책상을 톡톡 두드리면서 생각에 잠긴 모습을 마나는 묵묵히 관찰했다.

"전화도 안 받아."

"에, 어떻게 해요?"

"어떻게 하지."

8월 27일

여름이 끝나간다.

날짜상으로는 그렇지만 토론토는 아직 덥고, 일본도 아마 그럴 것이다. 그래서 실감은 전혀 안 나지만, 그럼에도 여름이 끝나간다.

생각해보면 미호코와 여름을 함께 보낸 건 아주 오랜만이었는지도 모른다.

10년 만인가?

미호코가 고등학생 즈음부터 밖으로 돌았으니까. 중학생 때까지였나? 시간은 순식간에 지나간다.

어린 시절, 여름방학에는 거의 한 달 내내 미호코와 함께 지냈다. 엄마가 만들어주신 똑같은 원피스를 입고, 똑같은 머리 모양을 하고서. 둘이 썩 닮았었다. 나란히 서서 찍은 사진을 보면 내 옆에 한 사이즈 작은 내가 서 있는 것 같다. 어린 시절의 미호코는 나와 똑같은 옷을 입고 똑같은 머리 모양을 하고 싶어 했다. 그래서 엄마는 내게 뭔가를 사 주실 때면 만일을 대비해 두 개씩 사곤 했다. 나중에 미호코가 울지 않도록. 미호코는 한번 울기 시작하면 좀처럼 그치지 않았다.

지금은 말도 안 되는 일이다.

언제부터인지 미호코는 내 옷차림을 보면 지루하다는 표정으로, 좀 더 눈에 띄게 입어보라고 말하기 시작했다. 그게 정말로 좋아하는 옷이냐면서. 미호코는 때때로 기발하다고 해야 할지, 종잡을 수 없는 차림을 했는데, 아직까지도 뭐라 형용해야 좋을지 모르겠다. 온통 황록색 옷을 입고 다니던 모습은 당시 마르기도 해서 꼭 아스파라거스 같았다. 머리도 짧았으니까. 그러고 보니 미호코는 이 나라에 와서 전보다 살이 쪘다.

요즘에는 지루하다는 표정을 넘어서서, 나를 보면서 어쩐지 답답해한다고 할까, 뭔가 골치가 아프다는 듯한 표정을 지을 때가 있다. 미호코는 죄다 얼굴에 드러나서 금방 알아챌 수 있다. 나를 보고 있으면 일본의 분위기가 떠오르는 걸지도 모른다. 어쩐지 미안한 마음이 든다.

미호코는 일본에 있을 때 정말이지 숨이 막혀 보였다. 나는 미호코를 보며, 왜 그렇게 힘들어해, 뭐가 싫은 거야, 하고 생각했지만, 지금은 안다. 오히려 내가 어떻게 괜찮았던 건지 모르겠다.

아니, 정말 괜찮았던 걸까. 이상한 이야기지만, 내 일인데 기억이 잘 나지 않는다. 온갖 것들에 대해 내가 어떻게 생각했었는지 기억에 없다. 어쩌면 내내, 하나도 안 괜찮았던 걸지도 모른다. 괜찮지 않은 것이 일본의 '보통'이고, '보통'이니 괜찮다고 자신을 타일러왔던 걸지도 모른다.

옛날부터 미호코는 나보다 훨씬 섬세하고 예민한 성격이었다. 아기였을 때도 나는 한번 잠들면 아침까지 푹 잤는데, 미호코는 작은 소리에도 발딱 깨어나 울었다고 한다. 나는 늘 둔했다. 틀에서 좀처럼 벗어나지 못했다. 이름 때문 아니야? 미호코는 종종 농담처럼 말했는데, 어쩌면 정말 그럴지도 모른다. 생각해보면 할아버지가 지어주신 이름이 줄곧 마음에 와닿지 않았다. 할머니나 엄마가 지어주신 이름이었다면 어땠을까 하는 생각을 가끔 한다. 그랬더라면 내 이름을 더 사랑할 수 있었을지도 모르겠다.

이곳에서 생활하면서 피로가 제법 풀린 것 같다. 단순히 쉬는 것조차 오랫동안 누리지 못했다. 매일 맛있는 음식을 먹었고, 가장 좋았던 장소는 꼽을 수 없지만 미호코와 엠마가 마음에 들어 하던 신발 미술관이 멋있었다. 또 가고 싶다.

오늘은 이곳에 와서 몇 번이나 갔었던, 아파트 1층에 있는 멕시코 음식점에서 두 사람과 함께 마지막 식사를 하고, 공항까지 배웅을 받았다. 타코가 이렇게나 맛있는 음식이었는지 지금껏 모르고 살았다.

체크인을 할 때, 공항의 여자 직원이 내 여권 사진을 보고 "Nice Picture!"라며 웃어주었다. 예전의 나였다면 "아니에요" 하고 겸손하게 굴었겠지만, 그저 "Thank You!"라고 웃으며 대답할 수 있었다. 겸손은 의사소통을, 나 자신을 흐리멍덩하게 만들 뿐이었다는 생각이 든다. 겸손처럼, 수십 년에 걸쳐 내 몸에 스며들어버린 것들을 하나하나 스스로 벗겨내고 싶다. 더는 그러고 싶지 않으니까. 더는 그러고 싶지 않은 것들이 잔뜩 있다. 하고 싶은 것도 잔뜩 있다.

지난 한 달 동안 생각했던 것이 있다. 나는 일본에 돌아가면 '아저씨'를 무너뜨릴 것이다.

앗, 탑승이 시작됐다. 나중에 또 써야지!

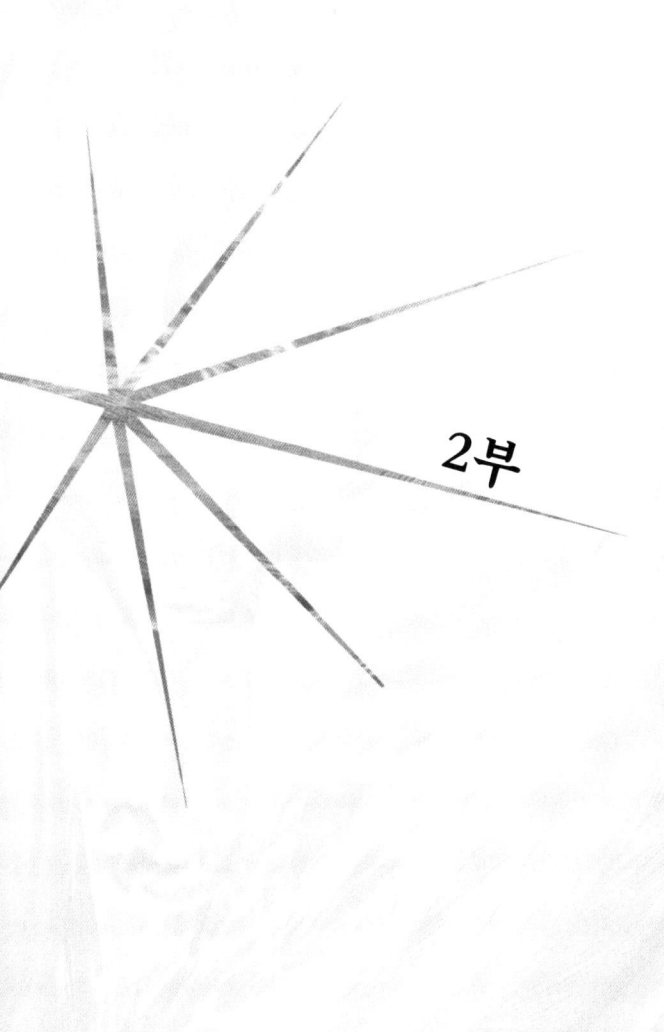

2부

어린 여자아이들은 영원히 어리지 않다. 강력한 여성으로
변해 당신의 세계를 박살 내러 돌아온다.

— 래리 나사르 성폭행 사건 재판 중 피해 여성의 증언

내 목소리는 과연 닿을까.

걱정했던 것이 무색할 만큼, 내 목소리는 가닿았다.

목소리, 아니, 나 자신이 가닿았다.

나 스스로가 가장 놀랄 만큼, 나는 가닿았다.

아이돌로서 이 세상에 알려진 순간부터, 나는 부딪쳐 메아리치고 있다.

우리는 ××가 ××가 된 순간을 고찰하고자 합니다.

××는 일본 아이돌 그룹의 일원으로 '센터'라는 역할을 맡고 있었습니다. 이 포지션은 주로 그룹을 대표하는 얼굴임을 의미합니다.

우리는 ××의 자료를 최대한 조사했고, 다른 아이돌

그룹과도 비교해 봤습니다만, 아이돌 ××는 분명 '센터'로서 특별하고 월등한 존재였던 것으로 추측됩니다. 10대 여자아이가 이 정도의 표현력을 지녔다는 사실에 놀라움을 금치 못했습니다. ××는 대단했습니다. 과제 연구를 떠나, 우리는 ××의 무대를 녔 놓고 봤고, 가사를 외워 함께 노래를 부르거나 춤을 따라 추기도 했습니다.

이 같은 그룹 시스템은 원래 '미숙'함을 매력으로 내세워 대량의 소녀들을 세상에 내놓았습니다. '미숙'함에 열광했던 것으로 보아, 당시 일본에는 '미숙'함을 매력으로 여기는 사람이 많았던 것 같습니다. 즉, 여자아이들이 아니라 국가 자체가 '미숙'했던 것입니다.

기록에 의하면, 여자아이들은 사전에 충분한 훈련을 받지 않은 상태로 아이돌이 되었습니다. 그러는 편이 '팬'들의 반응이 좋았기 때문입니다. '팬'들은 기술이라곤 없는 백지 상태인 여자아이들을 응원하는 것에서 훨씬 보람을 느꼈다고 합니다.

그런데 여자아이는 언제까지고 '미숙'한 채로 남아 있을 수는 없습니다.

실력 없이 데뷔한 그들은 그래서 필사적으로 연습하고, 흡수하고, 숙달되어갔습니다. 그 궤적은 우리가 보기에도 훌륭했습니다. 분명 그들은 어른들이 생각하는 것만큼 '미숙'한 것에 흥미가 없었던 것이겠지요. 게다가 매 순간 최선을 다했음에도 남들에게 '미숙'하다고 평가받는다면 그것만큼 부당한 일도 없습니다. 본래 인간에게 '미숙'한 때란 존재하지 않습니다. 그 순간의 진정성이 있을 뿐입니다.

이야기가 주제에서 잠시 벗어났습니다만, 어쨌든 그렇게 해서 여자아이들이 성장해버리면 어른들은 더 이상 그들의 '미숙'함을 팔 수 없게 됩니다.

아이돌 그룹을 운영하던 사람들은 새로 여자아이들을 모아 전국 각지에서 활동할 새로운 그룹을 만듦으로써 '미숙'함이라는 시스템을 계속 유지하려고 했습니다. 기존 그룹에도 '연구생'이라는 포지션을 만들어 신선함을 담보하고자 했습니다.

얼마간은 이 방식이 잘 먹혀서 쉴 새 없이 계속해서 여자 아이돌을 배출했습니다. 그 밖에도 유사한 시스템을 채용해 여자아이를 상업적으로 이용하는 어른들이 끊이지 않았으므로 세상은 유례없이 많은 아이돌과 아이돌 그룹이 난무하는 지경에 이르렀습니다. 당시 상황은, 스스로 아이돌이라고 선언만 하면 아이돌이 될 수 있는 게 아닌가 싶을 정도였습니다.

하지만 10년 이상 지나자 시스템에 한계가 보이기 시작했습니다.

한번 만들어진 시스템은 설령 본인들에게 그럴 의도가 없었다 하더라도 경험을 거치며 갱신되어갑니다. 10여 년 전의 여자아이들이 '미숙'했다면 그들을 운영하는 어른들 역시 '미숙'했습니다. 하지만 그 둘의 시너지 효과로 연출되었던 총체적 '미숙'함은 이제 먼 과거의 이야기가 되었습니다. 어쨌든 숙달이 되었으니, 전보다 개선될 수밖에 없었습니다. 아이돌이 되려고 지원하는 여자아이들도 어릴 때부터 이런 아이돌 세계를 보고 자라서 시스템을 잘 알고 있었습니다.

그리고 그 무렵에는 아이돌이 되려는 꿈이 없더라도 발레나 재즈, 힙합 등 다양한 종류의 춤과 예능을 배우러 다니는 아이들이 흔해졌습니다. 아마 아무것도 경험해보지 않은 아이가 훨씬 드물었을 것입니다(그보다 더 이전의 여자아이들은 신부 수업의 일환으로 다도나 거문고를 배웠다고 합니다).

인터넷의 보급 역시 일반 사람들이 춤과 노래에 도전하는 데 한몫했습니다. 그리고 텔레비전에 나오지 않더라도 재능을 지닌 사람이 많다는 사실이 널리 알려졌습니다. 어른들이 말하던 '미숙'하고 '순수'한 여자아이 자체가 줄어들었습니다. 아이돌을 계속하기 위해 이미 익힌 기술을 충분히 활용하지 않거나 숨기는 아이마저 속출했습니다.

그런 상황에서 ×× 그룹이 등장했습니다. 차이는 명확했습니다. 애초에 '미숙'하지 않은 실력 있는 여자아이들을 '미숙'함의 틀에 가두기란 아무래도 불가능한 일입니다. 어쨌거나 이 사회는 인위적인 것보다 자연스러운 것을 선호했습니다. 과연 방향의 전환이 필요해진 것이죠.

실력 있는 아이들이 모였으니, 아이돌이 되기에는 적합하지 않았습니다. 그렇다면 아이돌계의 이단아 집단을 만들어내면 그만입니다.

원래 그 아이돌 시스템에 속해 있던 여자아이들은 환한 웃음을 장착하고, 짧은 교복 치마를 입고, 보는 이에게 위압감을 주지 않으며, 자연스럽게 응원해주고 싶게 만드는 노래와 춤을 보여주고, 곡에 따라서는 수영복이나 속옷 같은 의상을 입었습니다.

우리가 볼 때는 그런 모습도 나쁘게 보이지는 않았습니다. 그들은 당당하고 빛이 났으며, 무대 뒤에서의 활기

찬 모습은 사회가 요구하는 여자아이의 규범에서 벗어나 있어서 자료를 참조하던 우리는 무심코 몇 번이나 웃음을 터뜨렸습니다.

그들에게는 사회가 요구하면 요구하는 대로 들어줄 수 있는 유연함이 있었던 것이겠죠. '분위기를 파악한다'라는 표현도 있었습니다. 다만 당시의 사회를 감안하면 사회가 요구하는 것을 그대로 들어주는 것은 곧 사회와 동화되는 것임을 뜻합니다.

××그룹에는 그 반대 스타일이 적용되었습니다. 웃지 않는 얼굴, 교복과 군복을 섞어놓은 듯한 의상. 그리고 반항적인 가사에 고난도 춤. 그 모든 것은 기존 아이돌에게 익숙해진 눈에는 신선하게 비쳤고, 그들은 눈 깜짝할 사이에 인기를 얻었습니다.

그중에서도 ××는 이단아 같은 존재였습니다. ××가 있었기 때문에 그룹의 방향성이 정해졌다고도 볼 수 있겠습니다.

다만 데뷔 초, 무대 뒤에서의 모습을 보면 멤버들은 수줍은 듯이 작은 목소리로 이야기를 나누는 평범한 여자아이처럼 보입니다.

××는 특히 갭이 컸는데, 입에 손을 대고 쑥스러운 듯

이 바닥을 보거나, 방송에서 기대하는 리액션을 하거나 하는 모습에서 어쨌거나 그는 아이돌로서 잘해나갈 것으로 보였습니다.

××그룹은 발표하는 곡마다 히트를 쳤고, 첫 정규 앨범도 호평을 얻어 여름에는 멀리 후지산이 보이는 커다란 콘서트장에서 염원하던 첫 야외 콘서트를 개최했습니다.

당시 ××는 '아이돌계의 이단아'로서도 충분히 자리를 잡은 상태였습니다.

다른 멤버들과 함께 귀여운 노래와 멋진 노래를 모두 능숙하게 소화해냈고, 관객들과도 열정을 담아 소통했으며, 무대 뒤에서도 즐겁게 웃고 떠들었습니다.

콘서트 당일까지 연습하는 모습을 보면 ××와 멤버들이 얼마나 열심히 똘똘 뭉쳐서 연습에 임했는지 알 수 있습니다. 깃발을 흔드는 등 자신들이 하게 될 새로운 퍼포먼스에 멋있다고 소리를 지르고, 커다란 무대를 겁 없이 뛰어다니는 그들의 모습에서 싫은 일을 억지로 하는 느낌은 찾아볼 수 없습니다. 그중에는 분명 따라가기 벅찬 아이도 있었겠지만, 아이돌로서 남다른 모습을 보여줄 것을 요구받은 그들은 자신들이 이단아라는 사실을 즐겼습니다.

우리가 흥미롭게 느낀 점은, 때로 각 멤버에게 자유롭게 춤을 출 수 있는 파트가 주어지는데, 대부분의 멤버가 어떻게 춰도 결국은 멋있는 춤이 된다는 것이었습니다. 귀여운 것도 멋있는 것도 다 소화할 수 있는 그들이었지만, 자유롭게 선택할 수 있는 기회가 주어지면 멋있는 쪽을 택했습니다. 아주 흥미로운 사실이었습니다.

그들의 춤은 귀엽다고 생각한 순간 멋있게 바뀌어 있었습니다. 마치 트릭아트와 같았습니다.

공연 내내 계속 무리 지어 움직이는 모습을 보면서, 아이돌이라기보다는 운동부라고 부르는 편이 더 어울리겠다고 생각한 순간이 여러 번 있었습니다.

그래도 그들은 어엿한 아이돌이었습니다.

그로부터 1년이 지나자 ××의 행동에 변화가 나타났습니다. 무방비하고 태평하던 모습은 사라지고, 절제와 방어 의지가 느껴졌습니다. 그것은 멤버들이 아니라, 그들을 지켜보는 사람들에게 향해져 있는 것으로 보였습니다. ××는 분명 뭔가를 거부하기 시작했습니다.

자신을 보는 시선들이 불편한지, ××는 공연할 때를 제외하고는 무대 위에서도 바닥만 보고 있었습니다. 가끔은 공연 중에도 그랬습니다. 이단아라고 해도 그 모습은 역시 이상했기 때문에 사람들의 눈길을 끌었습니다.

온갖 억측이 난무했고, 프로 의식이 없다며 ××를 비판하는 소리도 있었습니다. 하지만 대중이 생각하는 '정답'에서 벗어나자마자 비판을 한다는 것은 결국 ×× 그룹에게 웃는 얼굴을 기대했던 것이나 마찬가지인 셈입니다. 아이돌이 웃지 않는 것이 신선하다고 칭찬하지만, 그건 허용된 범위 안에서의 일입니다. ××는 화면에 비칠 때도 무대 위에 있을 때도 허용된 범위를 무시하기 시작했습니다. 조금 전에 절제와 방어 의지라고 말했지만, ××의 본심은 알 수 없습니다. 아이돌의 '정답'에 비추어 '오답'인 그의 행동에 뭔가 의미 부여를 했을 뿐입니다. 어쩌면 ××는 웃고 싶을 때 웃고, 웃고 싶지 않을 때 웃지 않는 당연한 행동을 관객 앞에서 할 수 있게 됐을 뿐인지도 모릅니다. 말하자면 ××는 정말로, 이단아가 된 것입니다.

우리는 역사 속 ××의 시초가 여기에 있다고 보았습니다. 이 시점이 ××의 분기점이 되었습니다.

여기서 발표자를 교대하겠습니다.

❋

  도쿄를 대표하는 대형 백화점 앞 큰길에서 뒷길로 들어서면 전혀 다른 세계가 펼쳐지는 것에 이제 그만 익숙해질 법도 한데, 북적거리는 가게들이 저마다 다른 명도와 농도로 불빛과 어수선함을 빚어내는 일대를 보면 여전히 가슴이 두근거린다.

  이곳은 옛 감성을 그대로 유지하고 있는 스낵바와 양식점에도 나 같은 어른들이 주저 없이 들어갈 수 있는 거리다. 들어가 본 적은 없지만, 고풍스러운 분위기의 양식점 맞은편에서는 젊은 커플이 타코야키 체인이 운영하는 선술집에서 여유롭게 술을 마시고 있다.

  앞을 지나가는 꼬리가 찌부러진 삼색 고양이가 태국 음식점과 선술집 사이로 난 골목길로 사라지는 모습을 잠시 지켜보다가 다시 걷기 시작했다. 우버이츠의 커다란 나일론 가방을 등에 메고 안장에 앉은 채 자전거를 끌고 가는 청년과, 양복 입은 청년이 담소를 나누면서 어디론가 향하는 모습이 목적한 가게에 도착할 때까지 나와 동행해주었다.

  주말에는 영화를 보고 나서 영국의 펍을 모방한 이 가

게로 와 종종 저녁을 먹는다. 이런 가게에 흔히 틀어져 있는 축구 중계 화면도 없고 무엇보다 금연이다. 혼자 와서 컴퓨터나 책을 펼쳐놓고 있어도 전혀 어색하지 않다. 게다가 대학 시절 음악 동아리에서 브릿팝 카피 밴드로 활동했던 나는 이 가게에 오면 어쩐지 추억에 잠긴다. 피쉬 앤칩스도 맛있고.

창가 쪽 자리에 앉아 한 손에 책을 들고 에일을 홀짝거리고 있자니(술이 그다지 센 편은 아니다), 길을 오가는 사람들의 모습이 곁눈으로 들어온다.

시선을 느끼고 책에서 고개를 들자, 지나가던 무리 중 한 여자가 이쪽으로 흘끗 눈길을 던졌다. 창문 안쪽까지 들릴 만큼 큰 목소리로 떠드는 남자들과, 새까만 머리카락을 길게 늘어뜨린 여자는 좀처럼 어울리지 않아 보였다.

앞으로 걸어가던 여자가 살짝 걸음을 늦추고 다시 흘끗 이쪽을 돌아봐서 머쓱한 기분이 들었다. 나는 동년배 남자들에 비하면 몸매도 잘 유지하는 편이고, 내 입으로 말하기 뭣하지만 깔끔한 인상이다. 패션 감각도 나쁘지 않다. 창 너머에서 혼자 책을 읽고 있는 모습이 여자의 눈길을 끌었다고 생각한대도, 그게 마냥 자의식 과잉만은 아닐 것이라 믿고 싶다.

동료들을 보면 잘 알 수 있는데, 결혼한 남자는 아이가 태어나면 갑자기 볼품없어진다. 아내가 더 이상 신경 써줄 여유가 없기 때문일 것이다. 여자가 해주리라 믿으면서 자기 관리를 소홀히 하는 남자는 금방 엉망이 된다. 나는 그런 착각은 하지 않으며, 가정을 만들 생각도 없다. 유유자적 살고 싶다.

"아무리 그래도 저출산 문제는 큰일이지."

"맞아. 나는 애가 둘이니까 어쨌든 공헌은 했다고 봐."

"공헌이란다, 징그럽게."

"어디에서 읽었는데, 한 집당 세 명 이상은 낳아야 문제가 해결된대."

"뭐야 그게, 어디서 나온 소리야? 짜증나게. 정치인 같은 소리 하지 마."

"아무튼 심각한 건 맞잖아."

  좁은 가게에서는, 특히 손님이 적으면 다른 이들의 말소리가 고스란히 들린다. 언제 들어왔는지, 나보다 꽤 젊은 남자들이 대화를 나누고 있었다. 시끄럽지는 않았으나 책을 읽는 데 좀 방해가 됐으므로, 애플사의 무선 이어폰을 낄지 말지 망설이고 있었다.

"그래도 어쩔 수 없지 뭐."

"그렇게 남 일처럼 말하면 안 되지. 우리나라의 미래가 달려 있는 일인데."

"침 튀기지 마."

내가 저들 나이 때는 촌스럽다는 소리를 들었을 패션을 오히려 멋스럽게 소화하고 있는 모습을 보니, 순간 지금이 어느 시대인지 정신이 혼미해진다. 어느 정도 나이가 들고 보니 예전에는 몰랐던 '유행은 돌고 돈다'라는 말을 자연스럽게 이해하게 되었다.

"맞아, 맞아. 우리나라 전통은 이어 가야지."

"오버한다."

"오버라니, 이 중대한 일을 두고."

"너 원래 그렇게 애국심이 없었냐?"

진심으로 저출산 문제에 관심이 있는 것도 아니면서 왈가왈부해봐야 입만 아프지 않을까.

그냥 할 얘기가 없는 것이다. 그렇다면 애초에 안 만나면 될 텐데. 없는 얘기를 끄집어내니 저출산이니, 다른 나라는 어쩌니 하면서 아무 얘기나 배설하게 되는 것이다.

그런데 요즘 보면 대화에 국가니 전통이니 애국심이니 하는, 묘하게 거창한 단어가 가볍게 사용되고 있어서 당황스럽다. 예전에는 그런 단어는 몇몇 한정된 사람들이 주로 사용했고, 들으면 멈칫했다. 지금이 정말 21세기일까. 가끔 과거로 역행한 것처럼 느껴질 때가 있다. 이래서야 타임머신 같은 건 개발할 필요도 없겠다.

"그보다 내일 회의 제대로 못하면 큰일 나."

"알아, 나한테 맡기라니까."

그들이 직장 동료 사이라는 정보를 마지막으로 이어폰을 끼고 평온을 되찾았지만, 휴일까지 직장 동료를 만나 다니 나로서는 있을 수 없는 일이다.

예전부터 나는 남자들의 화기애애한 분위기를 그다지 좋아하지 않았다. 하지만 요령껏 분위기를 맞추는 것은 어렵지 않았으므로 특별한 불편 없이 살아왔다. 스위치를 켰다 껐다 하면 되는 일이다. 다만, 불편을 느끼지 않는 것과 피로를 느끼지 않는 것은 의외로 별개의 문제다. 피곤한 건 피곤한 거다.

언제였던가, 지하철에서 30대 정도 되는 남자 두 명이 내 앞에 서 있었다. 키가 작은 남자가 뭔가에 대해 신나게 이야기하고 있는데, 잠자코 듣고 있던 키 큰 남자가 갑자기 말을 뚝 끊고 끼어들었다.

"근데 너 얼굴이 왜 그래? 여드름이 장난 아닌데."

대화의 흐름에서 너무나 벗어난 말이었기에 나도 모르

게 고개를 들자, 이야기를 하던 남자의 얼굴은 말 그대로 여드름이 활개를 치고 있어서 온통 울긋불긋했다.

키 작은 남자가 순간 당황해서 어쩔 줄 몰라 하자, 명품 가죽 구두를 신은 늘씬한 그 남자는 웃으면서 말을 이었다.

"아까부터 여드름만 보이더라고. 어디 안 좋은 거 아니야?"

조금 전의 쾌활함이 거짓말이었던 것처럼, 키 작은 남자는 적어도 한 톤은 내려간 목소리로 좀 바빠서 그렇다는 둥 하며 중얼중얼 대답했다.

"흐음, 나는 여드름이 나본 적이 없어서 모르겠다."

키 큰 남자는 또 말을 잘랐다. 말을 잘랐다는 자각도 없어 보일 만큼 태연한 모습이었다.

키 작은 남자는 한풀 꺾여 조용해졌고, 키 큰 남자는 의기양양하게 두 사람의 공통된 지인인 듯한 아무개의 이야기를 시작했다. 두 사람은 그대로 다음 정거장에서 내렸다.

더 젊은 세대까지는 잘 모르겠지만, 요즘 10대나 20대는 다를지도 모르지만, 나는 이제껏 이런 광경을 수백 번 봐왔고, 내가 당한 적도 있으며, 분위기를 풀기 위해 한 적도 있다.

상대방이 자신보다 낮은 존재임을 암묵적으로 드러내는 행위인 마운팅(서열 확인)은 여자들 사이에서의 그것이 한때 화제가 되어 '여자는 무섭다'라는 말이 그런 의미로 자주 쓰였지만, 내가 보기에 마운팅은 오히려 일반적인 남자들의 문화였다. 자신들이 마운팅이라는 행위를 하고 있다는 자각조차 없이, '남자는 무섭다'라는 말로 매도당하는 일도 없이, 아무렇지 않게 밥 먹듯 계속해왔다.

지하철 안에서 본 남자 역시 신나게 떠드는 상대방의 무언가가 마음에 들지 않아 기를 꺾어놓을 셈이었을 것이다. 그런 남자일수록 그런 여자에게 '여자들은 무섭다'라며 새삼스럽게 열을 올리는 법이다.

장난과 괴롭힘, 속박과 우정을 착각한 채, 남자들의 문화는 몇십 년, 어쩌면 몇백 년을 지속해왔다.

이런 것 하나하나에 넌더리를 내면서, 불편함을 느끼면서, 그러면서 그 일원으로 살아가다 보면 숨 돌릴 곳이 필요해진다. 일원이 아닌 척할 자신도 없고, 하려고 한 적도 없다. 울타리 안에서 굳이 벗어나려고 하는 놈들을 이해할 수 없다. 나는 이 울타리 안에서 살아갈 것이다.

그렇기 때문에 가끔 스트레스 해소는 필요한 것이다.

조사를 하면 할수록 우리는 '아이돌'에 대해 깊이 생각하게 되었습니다.

×× 그룹은 특별히 뛰어났지만, 한편으로 '보통'의 아이돌들은 대중이 기대하는 아이돌의 모습을 유지하고 있었습니다.

그런데 정말로 유지가 되고 있었을까요.

많은 여자 아이돌들이 '졸업'을 했습니다.

이 '졸업'은 특수한 단어입니다. 아이돌 활동을 학교생활에 빗대어 마치 학교를 졸업하듯이 어떤 이유로든 활동을 그만두는 것을 '졸업'이라고 불렀습니다. 학교에서 말하는 졸업은 보통 마지막 학년에 하지만, 여기서 말하는 '졸업'은 나이나 시기를 가리지 않습니다.

'졸업'을 하는 이유는 다양합니다.

당시 아이돌 시스템은 여자 아이돌에게 여러 가지 신기한 규율을 지키도록 했는데, 그중 하나가 연애 금지였습니다.

연애라는 것이 어떤 것인지 우리는 잘 모르지만, 인류는 그것을 통해 인류라는 집단을 유지해왔다고 합니다.

마치 하나의 아이돌 시스템을 오랫동안 유지하기 위해 수많은 여자아이를 필요로 해왔던 것처럼 말이지요.

연애 금지 조항을 어긴 여자아이나 혹은 몰래 연애하다가 들킨 여자아이는 모두 각자의 사정과 인기에 합당한 처벌을 받았습니다.

그것은 '팬', 그리고 사회를 위한 응징이었습니다. 일본 사회는 처벌받는 여자아이를 아무렇지 않게 오락으로 즐겼습니다. 눈살을 찌푸리는 사람들도 있었지만, 그 비판적인 시선은 어째서인지 여자아이들에게도 쏟아졌습니다.

왜 연애가 금지였는가 하면, 아이돌 시스템을 유지시키는 어른들에게 여자아이들은 상품이었기 때문입니다. 상품에 흠집이 나면 매출에 영향이 있습니다. 흠집이란 곧 처녀성의 상실을 의미하는데, 당시 일본 사회는 여성의 처녀성을 높이 평가했습니다. 특정 상대와 연애를 해버린 여자아이는 쓸모를 다한 것이나 마찬가지였죠.

참고로, 이 처녀성이라는 것은 남성에게는 정반대로 작용했습니다. 남성은 처녀성을 지키지 않는 것이 자랑거리였다고 합니다. 왜 여성과 남성이 서로 달랐는지, 우리는 그 이유를 잘 이해할 수 없습니다.

규율을 어긴 여자아이는 머지않아 '졸업'을 했습니다. 규율을 어기는 여자아이들이 속출했기 때문에 새로운 여자아이가 계속 필요했습니다. 그 과정의 반복이었습니다.

이를테면, 차기 '센터'로 촉망받던 여자아이가 한 명 있었습니다.

그는 고등학생이었습니다.

돼지.
못생겼어.
컨디션 관리를 못하네.
아이돌이라는 자각이 없어.
작위적이야.

이런 말들이 인터넷에 올라왔습니다. 아직 10대에 불과한 여자아이를 겨냥해서 말이죠. 당사자가 읽을 줄 몰랐다고 해도 던져진 돌이라는 사실은 변함이 없습니다.

돼지.
못생겼어.

컨디션 관리를 못하네.

아이돌이라는 자각이 없어.

작위적이야.

  다시 한 번 말하겠습니다. 다름 아닌 21세기에, 이것이 10대 여자아이에게 던져진 돌이었습니다.

  갑작스럽게 세간의 주목을 받게 된 여자아이는 같은 학교에 남자친구가 있다는 내용의 특종 기사가 나면서 연애 금지 규율을 어긴 사실이 알려졌습니다. 그는 아이돌을 계속하기 위해 남자친구가 없다고 거짓말을 했고, 일단 궁지에서 벗어났습니다. 아이돌이라는 자각이 없다, 라는 것은 이 일을 두고 한 말로 보입니다.

  그러나 우리는 생각합니다. 만일 그런 규율 자체가 없었더라면 그의 행실이 비난받을 일도 없었을 것이고, 사진을 찍힐 일도, 궁지에 몰려 거짓말을 할 일도, 아이돌이라는 자각이 없다는 식의 막연한 내용의 비난을 들을 일도 없었겠지요.

  그 후 궁지에서 벗어난 줄로만 알았던 그는 얼마 지나지 않아 '졸업'을 했습니다.

  우리는 자료를 통해 그가 방송 도중에 눈물을 흘리며

목멘 소리로 '졸업'을 발표하는 모습을 확인했습니다.

이 또한 당시 사람들에게는 지극히 흔한 광경이었습니다. 뭔가 '문제'를 일으켰다거나, 나이가 너무 많다거나, 딱히 인기가 없다거나 하는, 굳이 밝히지 않아도 쉽게 짐작할 수 있는 이유로 여자아이가 어느 날 울면서 '졸업'을 발표하는 것입니다.

거기까지의 여정을 거쳐 하나의 오락으로 완성되었습니다. 하지만 그 무렵 '졸업' 발표는 이미 흔해 빠진 일이 되어서 '팬'이 아닌 사람들은 그다지 흥미를 보이지 않았습니다.

인터넷의 시대였습니다. 미디어가 브라운관뿐이어서 결혼을 결심한 국민 아이돌의 은퇴 영상을 거실이라는 단란한 공간에 모여 숨죽이고 지켜보던 시절은 먼 옛날 이야기였습니다. 관심을 가질 만한 것은 그 밖에도 많았습니다.

잠시 생각해봅시다. 아이돌로서의 자각이 있는 아이돌이란 어떤 존재일까요.

규율을 위반하지 않는 것은 물론이고, '스캔들'을 일으키지 않고, 아이돌로서 적당한 몸무게를 유지하며, 피부에는 여드름 하나 나지 않아야 하고, 지친 기색 없이 늘 웃는 얼굴인 완벽한 여자아이로 있어주는 것.

그건 자기 의지가 없는 인형을 말하는 걸까요? 사람들은 여자아이가 인형이 되기를 바랐던 걸까요? 수집한 데이터로 미루어봤을 때, 그렇게밖에 해석할 수가 없었습니다.

또 하나 우리가 이해할 수 없었던 점은 '팬'이라고 불리던 사람들도 규율을 위반한 여자 아이돌들이 '졸업'하는 것에 이의를 제기하지 않았다는 사실입니다.

아이돌 그룹을 운영하는 측이 규율을 강제한 가장 큰 목적은 '팬'을 만족시키기 위함이었을 것입니다. 그 사람들의 관심이 곧 매출로 직결되니까요.

그렇다면 '팬'이 그런 규율은 이상하다고 또 필요 없다고 주장했더라면 규율은 불필요해져서 폐지되었을지도 모릅니다.

자신이 사랑하는 아이돌이 '졸업'해버리면 더 이상 아이돌로서 활동하는 모습을 볼 수 없습니다. 그런 것보다는 규율을 어긴 사실이 '팬'의 입장에서도 더 용서할 수 없는 일이었을까요?

아이돌에게 규율을 강제하는 구조, 이것이 이 아이돌 시스템을 쇠퇴의 길로 이끌었습니다.

왜냐하면 여자아이는 인간이니까요. 역사를 되짚어보더라도 그게 옳든 그르든 인간은 규율대로만은 살 수 없습니다.

하지만 아이돌에게는 규율이 있었습니다. 그렇기에 여자아이들은 점점 낙오되어갔습니다.

10년 이상에 걸친 이 아이돌 시스템의 흥망성쇠가 남긴 가치 중 하나는, '완벽한 여자아이' 같은 건 없다는 사실이 모두의 눈앞에 증명되었다는 것 아닐까요. 그런데 그게 이렇게까지 시간을 들여서 현실의 여자아이를 이용해 실험을 해봐야 알 수 있을 만큼 어려운 일이었을까요.

여기서 발표자를 교대하겠습니다.

우리는 이번에 ×× 그룹의 노래를 조사하면서 다른 가수들의 노래에 대해서도 조사했습니다.

×× 그룹이 부른 노래의 주요 테마는 사회나 다수의 압력에 대한 저항, 그리고 사회에서 살아가는 것에 대한 어려움에 관한 것이었습니다.

이런 곡을 여자 아이돌이 불렀기 때문에 유독 이질적으로 느껴졌지만, 실은 훨씬 전부터 여러 가수들에 의해 불려졌고 또 히트를 치면서 '공감'을 불러일으켰습니다.

사회에 불만을 품은 사람들은 시궁창의 쥐처럼 아름다워지고 싶다고* 기도했고, 맞서 싸우는 너의 노래를 맞서 싸우지 않는 놈들이 비웃을 것이라고** 한탄했으며, 훔친 오토바이를 타고 달렸습니다.***

우리가 이해할 수 없었던 점은, 사회에 대한 비판적인 메시지가 담긴 노래가 끊임없이 나왔음에도 그간 사회가 개선되지 않았다는 것입니다. 사람들은 계속 사회에 불만을 지니고 있었습니다.

사회가 숨이 막힌다고, 이상하다고, 위험하다고, 심각하다고, 납득할 수 없다고 그토록 노래로 부르짖는 동안 도대체 정치인들은 무엇을 하고 있었을까요. 혹시 정치인들의 귀와 서민들의 귀가 처음부터 다르게 만들어져서 들을 수 있는 주파수가 서로 달랐던 것일까요? 조사해본바, 인간의 귀에 그런 기능은 없었습니다.

답답한 사회를 비판하는 노래가 널리 알려지고 불려도 그저 노래는 노래일 뿐이라고 흘려버리고 묻어왔던 역사가 수면 위로 떠올랐습니다. 이 반복이었으니 당연히 누

---

* 일본의 락 밴드 THE BLUE HEARTS의 〈Linda Linda〉(1987) 도입부 가사.
** 일본의 싱어송라이터 나카지마 미유키의 〈파이팅〉(1983) 가사 중 일부.
*** 일본의 싱어송라이터 오자키 유타카의 〈열다섯의 밤〉(1983) 가사 중 일부.

구도 앞으로 나아가지 못했겠지요. 노래하고, 노래하고, 노래하고, 그걸로 끝이었습니다.

그리고 ××의 시대에, ×× 그룹이 부르는 노래가 많은 '공감'을 얻었다면 그것은 곧 사회 구조가 여전히 비정상적이었다는 확고한 증거가 됩니다.

놀라운 점은 노래를 못한다, 춤을 못 춘다, 학예회 같다, 립싱크를 한다, 옛날 아이돌이 좋았다, 라며 마치 돌연변이인 양 사람들의 입에 오르내리던 그들이, 그럼에도 불구하고 사람들의 이목을 집중시켰다는 사실입니다.

립싱크란 퍼포먼스를 하면서 실제로 노래를 부르지 않고 녹음한 음성을 내보내는 것을 뜻합니다.

춤추면서 노래를 부르지 못한다거나 인원이 많아 노래를 맞추기가 어렵다거나 하는 등의 몇 가지 이유로, 당시 아이돌 시스템 내에서는 당연한 것으로 받아들여졌습니다.

콘서트에 가본 사람이라면 그들이 실제로 노래하는 현장을 목격했겠지만, 평소, 특히 텔레비전 방송에서 그들이 들고 있던 마이크는 장식품에 불과한 것으로 전원이 꺼져 있었습니다. 그들은 목소리를 빼앗긴 상태로 무대에 올랐습니다.

그렇다면 목소리가 없는 그들의 무대에 사람들은 왜

열광했을까요? 목소리 따위 필요하지 않을 만큼 그들은 그 자체로 힘을 지니고 있었기 때문이라고 우리는 생각합니다.

이것은 다른 아이돌 그룹에도 공통되는 현상입니다.

그러나 그 비슷비슷한 그룹들 사이에서 화제성을 낳기 위해서는 개성을 드러내야 했습니다. 그래서 ×× 그룹에게 주어진 것이 저항의 노래였습니다. 그 차이는 컸습니다. 그리고 그 사실을 ×× 그룹을 만들어낸 사람들은 깨닫지 못했습니다.

×× 그룹의 노래는 어른들이, 그리고 남자들이 여자아이들에게 부르도록 하기 위해 만든 것이지, 결코 여자아이들의 자발적인 목소리가 아니었습니다. 말하자면, 인기를 노린 타산적인 노래였던 셈이죠.

그런데 여기서 반전이 일어납니다.

인형처럼 주어진 노래를 부르기만 하면 되는 역할을 맡은 여자아이들이 그 노래처럼 살아가기 시작한 것입니다.

그만큼 열정과 정성을 쏟아 연습에 매진했고, 무대에서 그 노래를 살아냈기 때문에, 노래와 하나가 될 수 있었다고 우리는 생각합니다.

실컷 노래를 시켜놓고 일말의 영향도 받지 않을 것이라

생각했다면, 그들을 지나치게 우습게 본 것이겠지요.

"우리는 혁명에 대해 노래했으니, 혁명을 노래했으니, 혁명을 일으켜야만 한다"라는 그들의 목소리가 들리는 듯합니다.

아니, 우리는 똑똑히 그들의 목소리를 들었습니다.

여기서 발표자를 교대하겠습니다.

※

 회사 근처에 공원이 있다.

 매일 지나다니는 길이라 회사 사람들 대부분은 무심코 지나칠지 모르지만, 가가와 아유무는 점심을 먹으러 들어간 가게가 붐빌 때면 근처 빵집이나 편의점에서 간단하게 먹을 수 있는 것을 사 들고 와 이 좁고 긴 작은 공원에서 먹을 때가 있었다.

 이 동네는 크고 작은 다양한 회사들이 들어서 있는 업무 지구인데, 공원에서 시간을 보내고 있자면 낡은 놀이기구에 매달리거나 미끄럼을 타거나 하는 아이들과 그들을 지켜보는 부모의 모습이 심심찮게 보여서 아유무는 이 동네에도 사람이 살고 생활하고 있구나, 하는 당연한 사실을 새삼스럽게 깨닫고는 했다.

 오후 여섯 시가 지난 지금은 아무래도 한산했지만, 공원 안쪽과 근처 길가에 가로등이 많아서 밤에도 어둡다거나 음산하다고 느낀 적은 없었다.

 공원에 들어가지 않고 입구 화단 근처에 서서 아유무는 스마트폰으로 SNS를 슬렁슬렁 둘러보거나 친구들이 올린 사진에 '좋아요'를 누르며 시간을 때우고 있었다.

기척은 느끼지 못했다. 그래도 옆을 돌아본 걸 보면, 역시 기척을 느꼈던 것일지도 모른다.

　언제부터 있었던 것일까, 아유무의 오른쪽에 그 남자가 있었다.

　그 남자는 옆에 서서 딱히 의식하는 기색도 없이 앞을 보고 있었으므로 그저 우연일 가능성도 완전히 배제할 수는 없었지만, 뭔가 이유가 있다 한들 특별히 복잡하지도 않은 이런 장소에서 이렇게 가까이 서 있는 건 아무래도 이상했기 때문에 아유무는 황급히 스마트폰으로 시선을 돌렸다.

　하지만 아유무가 눈치챘다는 사실을 확실히 곁눈으로 감지한 남자는 천천히 아유무 쪽으로 돌아섰고, 체구가 작은 아유무를 내려다보며 이렇게 말했다.

　"가끔 나를 쳐다보는 것 같던데?"

　남자는 미소마저 띤 채 아유무를 보고 있었다.

　양복 주머니에 양손을 찔러 넣고, 아유무의 얼굴을 들여다보듯 고개를 살짝 기울였다. 옛날 같았으면 느끼하다는 평가를 들었을 것이 분명한 남자의 행동에 아유무는 역겨워 뒷걸음질 치고 싶은 심정이었다.

　"내 착각은 아니라고 생각하는데. 왜 보는 거지?"

남자는 다시 히죽 웃었다.

맞다, 아유무는 분명히 남자를 쳐다봤다. 하지만 그 시선에 담긴 것은 상대가 생각하는 감정과는 정반대의 것이었다. 아유무의 침묵은 상대방에게 어떻게 전해지고 있을까. 지금까지 단 한 번도 아유무의 침묵이 세상 남자들에게 정확하게 전달된 적은 없었다. 정확하게 전달되지 않는다면, 정확하게 전달해야 한다.

각오를 다진 아유무는 스타킹을 신은 두 다리에, 배에, 가슴에 힘을 줬다.

"쳐다본 게 아니라 노려본 겁니다."

말한 순간, 뒤통수에서 검은 피가 꿈틀거리는 것을 느꼈다. 여자 손님임을 확인하고 반말을 하는 택시 기사의 태도에 참지 못하고 대받을 때나, 고등학교를 졸업한 지 몇 년이 지나도 여전히 전철 안에서 몸을 밀착해오는 남자의 몸을 뿌리칠 때처럼, 아유무가 평소의 안전지대에서 한 발 내딛는 순간 언제나 이 감각이 있었다.

침묵이 아유무의 안전지대였다. 하지만 그게 뭐가 나쁘단 말인가. 그 편이 안전하게 지낼 확률이 높다고 판단했기 때문에 그렇게 했을 뿐이다. 하지만 침묵해도, 목소리를 높여 항의해도, 불이익을 당하는 건, 불쾌한 일을 겪는 건 언제나 자신이었다.

이번에는 그 남자가 침묵했다. 남자의 얼굴은 오류가 발생한 것처럼 굳어버렸다.

그것 봐, 그게 네 진짜 얼굴이야.

아유무가 이 얼굴을 목격하는 건 처음이 아니었다.

학교에서도 직장에서도 남자들은 자신이 예상한 말과 행동이 돌아오지 않으면 이런 얼굴을 했다. 기분 나빠했다. 얼굴을 찌푸리며 가버렸다. 잘 알고 있다. 다정한 면피를 쓰고 있는 놈일수록 그 낙차가 꼴불견이었다.

"쳐다본 게 아니라, 노려본 거라고요."

아유무는 다시 한 번 말했다.

이번에는 아까보다 말이 쉽게 나왔다. 아니, 쉽게라기보다 자신의 진짜 감정을 훨씬 매끄럽게 실을 수 있었다. 목소리에 날이 섰다.

아유무의 날 선 목소리에 남자는 도리어 안심한 듯 원래 얼굴로 돌아와 싱긋 웃어 보였다. 마치 '감정적인 여자'를 다루는 데는 자신 있다는 듯이. 아유무는 여자가 '부정적인 감정'을 드러내면 '감정적' 상자로 슈팅을 날리고 이겼다고 안심하는 남자, 라는 상자에 눈앞에서 히죽거리고 있는 남자를 던져 넣었다.

"그런데 우리, 얘기해본 적도 없지 않나?"

남자는 웃음을 머금은 채 당황한 모습을 연출하기 시작했다.

과하게 긍정적이어서 당황스러운 건 이쪽이거든.

아유무는 더는 숨길 생각도 없이 미간을 찌푸렸다.

"얘기해본 적도 없는데 왜 내가 쳐다본다고 생각하셨어요?"

"그야, 그런 일이 종종 있으니까. 그래서 그쪽도 그런 건가 싶어서. 뭐 그렇담 친해져서 나쁠 것도 없고."

"아, 그렇담 완전히 착각하셨네요."

아유무는 무능한 상사와 일할 때의 행동 방식을 지금 이 순간에 적용하기로 결정하고, 일부러 담담하고 쌀쌀맞게 되받아쳤다.

"그래도 대단하시네요. 용케 눈치채셨어요."

멍청히 서 있는 남자의 얼굴에 조롱의 말도 한마디 던져주고 싶었다.

하지만 남자는 아유무의 말에 딱히 싫은 기색도 없이 허물없는 태도로 아유무에게 되물었다.

"그럼 노려본 이유는 뭔데? 내가 그쪽한테 무슨 잘못이라도 했나?"

이 인간은 정말로 모르는 모양이다. 아유무와 게이코가 같은 팀에서 일했다는 사실도, 맞은편 자리에 앉아 있었다는 것도.

"당신이 게이코 씨에게 한 일을 알고 있으니까요."

사실은 '너'라고 하고 싶었지만 참았다. 하지만 눈앞의 상대를 '너'라고 부르면 안 될 이유는 없어 보였다. 왜 나는 항상 참고 마는 걸까.

게이코의 이름을 꺼내도 남자의 안색은 바뀌지 않았다.

"누구더라, 그게?"

오히려 난처하다는 표정이다.

이 남자는 정말 아무것도 모르고 아무 짓도 하지 않았던 게 아닐까 하고 순간 착각할 정도였지만, 두 번은 속을 수 없었고, 또 아유무가 믿는 사람이 누구인지는 의심의 여지가 없었다.

"게이코 씨 말이에요. 제 맞은편 자리에 앉았던. 정말 몰라요? 게이코 씨를 괴롭혀서 회사에서 쫓아냈던 일, 잊으셨어요?"

말이 빨라지지 않도록 한 마디 한 마디를 꼭꼭 씹으며 말하자, 남자는 마치 전원이 꺼진 것처럼 다시 무표정이 되어 몸을 살짝 뒤로 물렸다. 그 부자연스러운 동작은 남자에게 찔리는 구석이 있다는 증거였다.

다음 순간, 남자는 완전히 얼어버렸다.

아주 잠깐이었지만, 아유무는 눈을 돌리고 싶었다. 스마트한 샐러리맨이라는 자화상을 연기해왔지만 허물이 드러나자 오류가 발생한 남자의 모습은, 나쁜 짓을 하다가 부모에게 들킨 초등학생 같아서, 망가진 로봇 같아서, 무엇보다 그가 어엿한 사회인이자 멀쩡한 어른인 것이 소름이 끼쳤다.

다시 남자의 전원이 들어왔다.

바뀐 표정을 보고 아유무는 자신이 착각했음을 알았다.

이게, 이쪽이 이 인간의 진짜 얼굴이다.

오랜 직장 생활 동안 약삭빠르게 행동하며 숨겨왔던 얼굴을 남자는 아유무에게 여실히 드러내고 있었다. 필사적으로 변명하면서까지 숨겨야 할 상대는 아니라고 판단했으리라. 아유무처럼 얼마 안 가서 사라질 20대 비정규직 여자쯤이야. 남자의 눈은 깊숙한 곳에서부터 어둡게 빛났고, 일그러진 입술 끝에는 옅은 웃음이 매달려 있었다.

"아아, 그 여자. 둘이 친했어? 의외네. 그런 아줌마하고 어떻게 친해졌을까? 무슨 소릴 들었는지는 모르겠지만, 이

젠 나가고 없는 아줌마가 한 말을 가지고 뭘."

조금 전과는 완전히 달라진 태도로 사람을 깔보듯이 이야기하는 남자를 아유무는 신기한 눈으로 바라봤다.

아니, 아줌마라니, 자기도 아저씨면서. 너도 '아저씨'잖아. 왜 은근슬쩍 이쪽에 붙으려고 해. 이쪽으로 오지 마. 번지르르한 말로 어물쩍 넘어갈 생각은 하지 말라고.

어째서 '아저씨'는 여자들끼리 정보를 공유할 거라는 생각은 하지 못할까. 여자들은 서로 이야기를 한다. 겉으로는 아무렇지 않은 척하지만, 성희롱이나 갑질을 하는 인간들에 대해 뒤에서 그저 푸념하고 욕하는 것만으로 훌륭한 정보 교환이 된다. 정보는 여자를 지키고, 돕는다. 아마 '아저씨'는 그런 유대를 경험한 적이 없을지도 모른다. 그러니 알 턱이 없다. 그러니 부끄러운 줄도 모르고 거짓말을 하고, 자신에게 유리한 쪽으로 이야기를 지어내려고 한다. 속이 빤히 들여다보이는데 말이다.

"게이코 씨랑 저는 친구예요."

아유무가 힘주어 말하자 남자는 입을 더 씰쭉거리며 비웃었다.

"친구라고? 나이도 성향도 전혀 다른데. 그럴 리가."

다르면 친해질 수도 없다는 말인가. 진심으로 그렇게

생각하는 것일까.

아유무는 놀라서 할 말을 잃었다. 회사에서 윗세대 남자들이 나이나 출신 학교, 학력 같은 아무래도 좋을 이야기로 열을 올리며 떠들고 결속을 다지는 이유를 줄곧 이해할 수 없었는데, 이제 조금은 알 것 같은 기분이 들었다.

"아무튼, 그냥 장난이었는데, 설마 인사과에 꼰지를 줄이야. 엄살도 심하고, 자의식 과잉 아니야? 다 자업자득이지. 안 그래?"

남자는 변함없이 아유무가 자기편의 사람이라고 믿고 있는 것 같았다.

"이봐요, 무슨 소릴 하는 거예요? 남의 인생을 뭐로 보는 겁니까? 게이코 씨는 직장까지 잃었는데."

"인생? 유난스러운 건 똑같네. 비정규직은 그냥 심부름꾼 아니었나?"

아유무는 피가 역류하는 것 같았지만, 쥐어짜내듯 입 밖으로 말을 꺼냈다.

"왜 게이코 씨였어요?"

무슨 일이 있어도 묻고 싶었던 이야기였다.

"왜냐니, 그 아줌마 좀 짜증나지 않아?"

"무슨 뜻이죠?"

"혼자 항상 고고한 척이잖아, 문 쪽에 앉아서 거슬리게. 전에 그 아줌마가 손수건을 떨어뜨려서 주워줬는데, 웃지도 않아. 애교도 없고 건방지고. 그게 다야."

"그게 다라고요?"

"어, 그게 다야. 그런 여자 때문에 저출산 문제가 심각해진 거야. 이번 일로 깨달은 바가 좀 있겠지. 그 여자가 하는 말, 아무도 안 믿는 거 봤지? 그쪽도 속으로는 멍청한 여자라고 생각하고 있는 거 아니야?"

남자는 묘하게 하얀 이를 드러내며 웃었다.

그 부자연스럽게 하얀 이처럼 아유무의 머릿속은 하얘졌고, 다음 순간 아유무는 경어의 벽을 뛰어넘었다.

"뭐? 너 진짜 뭐라는 거야?"

생각해보면 존칭이나 경어는 자신이 존경하는 대상에게 쓰는 것이 아니던가.

아유무는 눈앞의 남자를 존경은커녕 진심으로 경멸했다. 경멸하는 놈에게 나보다 나이가 많다는 이유로, 남자라는 이유로 존대를 해야 한다니, 언어 체계가 이상하지 않은가.

"야."

화가 치민 아유무의 입에서 나온 '야'는 마치 불량배의 그것 같았지만, 이미 멈출 수 없었고 멈출 생각도 없었다.

"너, 잘 생각해. 나는 너보다 게이코 씨를 백배는 더 믿거든. 왜 내가 한 번도 얘기해본 적 없는 네 말을 믿을 거라고 생각해? 말이 안 되잖아. 도대체가, 자기랑 똑같이 사회생활하는 사람한테 애교가 없다느니, 건방지다느니, 네가 뭔데? 뭘 기대하는 건데? 다시 한 번 말해두는데, 잘 생각해. 알겠어? 잘 생각하라고."

주변은 완전히 어두워졌지만, 아유무를 홀로 남겨두지 않은 가로등 덕분에 남자의 얼굴이 붉으락푸르락해지는 것을 알 수 있었다.

"야, 너, 여자가 어디서 말을……"

"아직 얘기 중이거든. 말 끊지 마."

아유무는 반사적으로 남자의 말을 가로막았다. 이런 스포츠가 있다면 좋을 텐데. 싫어하는 인간의 말을 가로막고 되받아치는 스포츠. 볼만할 것이다.

"방금 말했을 텐데. 잘 생각하고 말하라고. 지금 무슨 말 하려고 했는지 맞혀볼까? 여자가 어디서 말을 함부로 지껄여, 주제넘게, 감히 내 앞에서. 뻔하지, 뭐."

아유무는 코웃음을 쳤다. 코웃음을 친다는 게 이렇게 기분 좋은 거였구나. 신선하고 놀라웠다. 그 기분 그대로 입에서 말이 나오는 대로 내맡겼다.

"등신."

그렇게 말한 순간, 주변 공기가 흐트러지면서 아유무의 몸이 강한 힘에 끌려갔다.

아유무의 양쪽 어깨에 그 남자의 손가락이 파고들었다.

남자는 아유무의 몸을 앞뒤로 흔들면서 정신이 나간 것처럼 지껄여댔다.

"야, 여자가 어디서. 까불지 마. 힘도 없는 주제에, 건방지게 굴지 말라고."

남자의 팔에 더욱 힘이 들어갔다.

이런, 기분이 좋아진 나머지 말이 심했다. 솔직히 말이 심했다고는 요만큼도 생각하지 않았지만, 자신의 몸을 위험에 처하게 하고 말았다.

아유무의 다리를 지탱하던 힐이 휘청하고 흔들렸다. 한순간 남자의 시선이 아유무의 등 뒤로 꽂혔다. 붙잡힌 상태로 고개를 꺾어 뒤를 보자, 공원의 담장 역할을 하는, 무릎 근처까지 오는 벽돌 화단이 눈에 들어와 핏기가 가시는 기분이었다. 격분한 남자가 머리를 내려친다 해도 이상할 것이 없었다. 순간 왼쪽 옆구리에 낀 가방 속의 핑크색 물건이 떠올랐지만, 양쪽 어깨를 붙잡힌 상황에서 지퍼를 열고 꺼내들 여유는 없을 것 같았다.

"봐, 못 움직이겠지? 저항 못 하겠지? 그러니까 닥치고 있으라고, 여자는. 알겠어?"

아유무의 몸이 한층 강하게 흔들렸다.

"하지……"

남자의 팔을 잡아 멈추려 한 아유무는 오른쪽 발목이 꺾여 균형을 잃었고 몸의 중심이 화단 쪽으로 기우는 것을 느꼈다. 반사적으로 눈을 감았는데, 그와 동시에 앞에서 들어온 어떤 힘이 몸을 지탱해주었으므로 아유무는 눈을 떴다.

"가가와 씨한테서 떨어져요. 제 친구한테서 떨어지라고요."

고바야시가 아유무의 왼쪽 팔을 잡고 남자와 아유무 사이에 끼어들었다.

"뭐하는 거예요, 위험하잖아요."

남자는 고바야시의 등장으로 정신을 차린 듯 아유무에게서 떨어지더니 짐짓 가벼운 손놀림으로 옷을 탁탁 털었다.

"미안, 오해가 조금 있어서. 이 여성분이 착각한 거야, 알지?"

고바야시에게 윙크라도 할 기세로 친근함을 담아 웃어 보이는 남자의 벌건 얼굴을 보면서 아유무는 속이 뒤집혔다. 이번에는 '남자끼리 왜 이래' 카드인가. 지긋지긋하다.

"사정은 잘 모르지만, 폭력은 쓰지 마세요."

평소에는 말이 빠른 고바야시가 웬일로 천천히, 단호한 말투로 말했다. 그 손은 아직 아유무의 팔을 잡고 있었다. 안도감과 함께 몸에서 털썩 힘이 빠졌다. 아유무가 힘이 빠진 만큼 고바야시의 손에는 힘이 들어갔다.

"아니, 그런 거 아니야. 정말 오해라니까."

남자는 우물우물 말하면서 아스팔트 바닥에서 가방을 주워 들더니, 보는 사람이 기가 찰 만큼 훌륭한 뜀박질을 보여줬다.

눈 깜짝할 새에 남자의 모습이 사라져서 두 사람은 어안이 벙벙했다.

"앗, 잠깐."

고바야시가 어쩔 줄 모르는 표정으로 아유무를 봤지만, 일단은 내버려두라는 뜻으로 아유무는 고개를 끄덕여 보였다.

"에, 저 사람 뭐야? 정말 괜찮아? 경찰서 가자, 경찰서."

아유무의 팔에서 손을 뗀 고바야시가 걱정스러운 눈길

로 아유무를 바라보았다.

"아니야, 괜찮아."

아유무는 숨을 고르고 자세를 바로 했다. 방금 전에 일어난 일이 전부 안개가 되어 흩어진 것처럼, 아유무의 정신은 맑아졌다. 무언가 실마리를 잡은 느낌이 들었다.

"정말 괜찮아. 그보다 빨리 밥 먹으러 가자. 배고파."

"에, 알겠어. 그런데 타코 먹어도 괜찮겠어? 이럴 때는 뭘 먹어야 하지? 뭐가 좋을까? 모둠회는 어때? 아니면 국수?"

"왜?"

"놀랐을 때는 뭔가 술술 잘 넘어가는 음식이 좋을 것 같아서."

"아니, 오히려 타코가 먹고 싶어."

"알겠어. 그나저나 미안해. 내가 늦는 바람에 이렇게 됐잖아."

"아니야, 그거랑은 상관없어."

두 사람이 좋아하는 멕시코 음식점이 있는 쪽으로 걷기 시작했다. 작은 건물 2층에 있는 가게는 창문에 해골 모양의 종이 인형이 장식되어 있는데, 근처에 도착해 그 인형이 보이면 벌써 기분이 좋아지기 시작한다. 좋았어,

먹어볼까, 하고. 아유무는 오늘 무슨 일이 있어도 마늘 수프를 주문해야겠다고 생각했다.

이 거리는 밤이 되면 회사에서 쏟아져 나온 사람들의 행렬이 식당 불빛 속으로 사라진다. 인터넷으로 검색하면 추천 맛집 정보가 산더미처럼 나올 정도로 이 동네는 먹거리가 풍부해 질리지 않는다.

모퉁이를 돌자, 오래된 일본 요리점들이 늘어선 골목에서 웃음소리가 새어나왔다. 나무문 틈새로 긴장이 풀린 회사원들의 모습이 보였다. 재킷을 벗은 흰 셔츠가 눈부셨다.

"그런데 아까 그 사람, 진짜 이상하더라. 그런 사람 볼 때마다 나 자신이 조금 무서워져."

"왜?"

"나도 언젠가 그렇게 될까 봐. 같은 남자니까."

"에이, 고바야시 씨는 아니지. 남자라고 다 '아저씨'가 되는 건 아니잖아."

"그건 그렇지만. 그런데, '아저씨'라는 사람들은 어딘가 마음 한 부분이 작동하지 않는 것처럼 보일 때가 있지 않아? 작동하지 않는 부분이 어떻게 생겼을지 엄청 궁금하다니까."

"작동하지 않는 부분. 그러게."

문구점과 케밥 가게를 지나자 목적한 가게의 작고 포근한 불빛이 보이기 시작했다. 그리고 흔들리는 해골들.

그 순간 아유무는 갑작스러운 깨달음에 저도 모르게 소리를 질렀다.

"맞아, 친구란 핑크 스턴건이었어."

"에, 무슨 소리야? 핑크 스턴건?"

고바야시가 의아한 표정을 지었지만 아유무는 대단히 진지했다.

그래, 그런 거였어.

"응, 핑크 스턴건."

"보면 가끔 이상한 소리를 한다니까. 근데 뭔가 아이돌 노래 제목 같다, 핑크 스턴건. 조금 오싹한 느낌이 오히려 귀여울 수도 있겠어. 이건 인기 차트도 노려볼 만하겠는걸. 안무는 당연히 개성이 있어야 하고. 안방극장을 휩쓸었으면 좋겠다."

아유무는 좁은 계단을 오르며 중얼거리는 고바야시의 뒷모습에 대고 말했다.

"고바야시 씨, 오늘 가게에서 할 얘기가 있어. 도와줬으면 하는 일이 생겼거든."

계속하겠습니다.

아이돌은 아이돌인 것 자체로 힘이 있었습니다. 어느 시대에나 사람들은 아이돌에게 열광했습니다.

하지만 아이돌은 시대마다 변화합니다. 한데 묶어 아이돌이라 지칭한다 해도, 사람들이 똑같은 것에 열광했던 것은 아닙니다.

지금까지 말했듯이, 하나의 그룹 시스템이 낳은 무수한 아이돌 그룹들은 그 난립으로 인해 가치가 하락하기 시작했습니다. 그러던 차에 ×× 그룹이 탄생한 것입니다.

같은 시기에, 일본 밖에서는 사회의 변화에 발맞춰 아이돌 그룹에도 변화가 일어나고 있었습니다. 무슨 일이든 사회상이 반영되기 마련이죠. 일본에서도 한국의 아이돌 그룹이 인기를 끌기 시작했는데, 한국의 아이돌과 일본의 아이돌 사이에는 큰 차이가 있었습니다.

여기에서 비교할 대상은 여성 그룹에 한하는데, 당시 한국에서는 여성이 열광하는 여자 아이돌 그룹의 유행이 현저했습니다.

한국의 여자 아이돌은, 같은 시기에 일본의 아이돌에게

요구되었던 '미숙'함과는 거리가 멀었습니다. 노래와 춤 같은 퍼포먼스부터 겉모습에 이르기까지, 그들은 모든 에너지를 전력으로 가동해 무대에 올랐습니다.

우리도 자료를 통해 확인했습니다만, 그들은 과하지 않을까, 남성들에게 어떻게 비칠까, 하고 눈치를 보는 미지근한 세계관과는 무연했고, 그 방향성은 서양 사회의 방향성과도 일치했습니다.

그리고 일본 아이돌에게 마음을 주지 못했던 수많은 일본 여성이, 무대 위에서 두려움을 모르는 강한 그들에게 푹 빠지게 되었습니다. 그들을 보고 있으면 사랑스러운 것은 강하다, 멋있는 것은 강하다, 어떤 방향이든 전력을 다한 것은 강하다는 사실을 무조건적으로 이해할 수 있었습니다.

한편 그때까지도 일본은 세계적인 경향에 무관심했고, 아이돌의 주류는 변함없이 연약하고 사랑스러운 여자아이들이었습니다. 정확히 말하자면, 오기로라도 주류로서 이어가고자 했던 것입니다.

이 무렵 발매된, 과거 아이돌 시스템 안에서 가장 큰 인기를 누렸던 그룹의 '신곡'을 보면, 여자아이들은 동화 속에나 나올 법한 나풀거리는 의상을 입고 웃는 얼굴로 단순하고 귀여운 안무에 맞춰 노래를 부르고 있습니다.

그들은 카메라가 다가오면 하나같이 입술을 오므리거나, 뺨에 손을 대고 눈을 꼭 감거나, 다람쥐처럼 볼을 부풀리거나, 일부러 서툴게 윙크를 하거나, 눈을 치켜뜨고 애교 섞인 표정을 지어 보였습니다. 이렇게 하면 먹히겠지, 이런 걸 좋아하잖아, 라고 말하는 듯이 말이죠.

우리는 당시 그들의 무대 영상에 남겨진 댓글에서 일정한 유형이 관찰되어 관심을 가지게 되었습니다.

이거면 됐지.
이런 게 마음 편하지.
이 정도면.

그런 말들이 곳곳에서 발견됐습니다.

거기에는 일본에서도 큰 열풍을 일으키고 있던 한국 아이돌 그룹에 대한 뒤처진 자들의 상대적 박탈감이 있었고, 무엇보다 '강한 여자 아이돌'을 받아들이지 못하는 솔직한 심정이 드러나 있었습니다.

우리는 일본의 역사를 배우면서 문화와 풍습에 대해서도 알게 됐는데, '이거면 됐지'라는 말은, 접대를 하느라

외식만 하던 회사원이 오랜만에 집에서 집밥을 먹을 때나, 남편의 정년퇴직 후 단체 해외여행에 나선 노부부가 현지 음식이 입에 맞지 않아서 챙겨 간 간장을 여기저기 뿌려 먹을 때 등에 등장하는 말입니다.

그런 말이 여자 아이돌에게도 사용되고 있는 것은 대단히 상징적입니다.

일본에서 한국의 여자 아이돌 그룹에 열광하던 이들 대부분이 여성이었다는 점에서, 그리고 댓글의 어감으로 봐서도, 그 새로운 흐름을 받아들이지 못했던 이들은 중장년 남성이었을 것으로 추측됩니다. 젊은이들은 경험치가 낮아 '이거면 됐지'라는 감회를 술회하기엔 너무 어렵습니다.

즉 일본의 중장년 남성에게 있어 여자아이란 자신들을 안심시켜주는, 어떤 의미에서도 위협이 되지 않은 존재였겠지요. 아니, 어떤 의미에서도 위협이 되지 않는 존재여야만 했습니다.

하지만 퍼포먼스를 통해 여성이 강함을 표현한 것 정도로 위협을 느끼다니, 우리는 일본 남성의 순진함에 놀랄 수밖에 없었습니다.

그리고 지금까지의 내용을 통해 우리가 또 하나 확신한 것은, 일본의 여자 아이돌은 오랜 세월 일본 남성을 위해 존재해왔다는 부동의 사실입니다.

본래 아이돌은 비즈니스입니다. 비즈니스는 세상과 사회의 흐름을 읽고 상품을 발전시켜나가야 지속될 수 있습니다. 그러나 일본의 아이돌 업계는 그렇게 하지 않았습니다. 그것은 일본이라는 사회에 전반적으로 적용되는 패턴이 아니었나 생각합니다.

이번 조사를 통해 우리는 그 이유를 분명하게 알았습니다. 모든 것이 일본 남성을 기준으로 설계되었기 때문입니다.

남성의 사정에 맞춰 아이돌을 만들어내고, 혹시 있을 여성 팬에게는 알아서 하라는 식이었습니다.

여자 아이돌이 남성들이 허용하는 범위를 벗어나지 않는 한, 여성 팬이 생겨도 크게 신경 쓸 필요는 없었습니다. 본래 그것은 남성들의 것이니까요. 잠시 빌려준다, 그 정도의 기분이었겠지요.

그런 상황에서 일본 여성들이 여성 팬을 위해 존재하고 여성 팬을 위해 퍼포먼스를 하는 한국의 여자 아이돌에게 나이를 불문하고 열광하게 된 것도 무리는 아닙니다. 그들은 여성들의 것이었으니까요.

그런 이치도 모르고 한국 아이돌에게 열광하는 일본 여

성을 조롱하는 일본 남성은 적지 않았는데, '남자를 치켜세우도록' 교육받은 일본 여성의 장점 중 하나는 어느 단계에 도달하면 리미터가 망가져서 폭주할 수 있다는 점입니다. 그들은 그들의 '최애'에 매진했습니다.

여기서 잠깐, 우리는 '남자를 치켜세우다'라는 표현이 무척 이상하게 여겨졌습니다. 마치 남성은, 혼자서는 설 수도 없는, 뼈와 근육이 흐늘흐늘한 희귀한 생물 같습니다. 여성의 보살핌이 상당히 많이 필요했던 것 같은데, 어쩌면 실제로 그랬을지도 모른다는 생각이 듭니다. 사진이 남아 있지 않은 것이 아쉽습니다.

자, 여기까지가 우리가 조사한 당시의 상황입니다.

그 속에서 ×× 그룹의 자리매김이 특수한 것은 역시 틀림없는 사실이었습니다. 남성을 위한 아이돌이라고도, 여성을 위한 아이돌이라고도 단언할 수 없는 독자성이 그들에게는 있었습니다.

마땅히 약해야 할 여자아이들이 최선을 다해 강해지려고 하는 그 '기특함'을 남성들은 오락으로서 즐겼던 것일지도 모릅니다. 하지만 우리는 '기특함'보다는 자신들에게 주어진 곡에 대한 그들의 진지함이 더 크게 와닿았습니다. ××와 멤버들은 남성들의 의도가 아닌, 노래의 의도를 헤아렸던 것으로 생각됩니다.

앞서 말했듯이 ×× 그룹이 부른 노래는 반골의, 반역의 노래였습니다. 강한 여성을 지나칠 정도로 두려워하고 혐오하는 일본 남성의 특성을 누구보다 잘 알고, 본인 역시 그 일원인 프로듀서가 이런 아이돌 그룹을 만들었다는 사실이 놀랍습니다.

정말로 아무런 영향도 없을 거라 생각했던 것일까요? 아니면 매드 사이언티스트처럼 남성 사회에서 화제성을 모을 만한 아이돌을 잇달아 탄생시킨 프로듀서도 나이를 먹으면서 양심이 싹텄고, 그래서 어느 쪽으로 기울어도 이상할 것 없는 아이돌 그룹을 이 세상에 풀어놓은 것일까요? 이후에 일어날 일을 예측한, 마치 하나의 실험처럼 말이죠.

진실은 알 수 없습니다.

그리고 거듭 말하지만, ×× 그룹은 이질적인 존재였습니다. 다른 일본 아이돌들은 남성들에게 애교를 부리고 늘 웃기를 강요받았습니다.

일본이라는 나라는 눈에 보이지 않는 분위기라는 것을 어떻게든 읽어내려 하는 불가사의한 나라이면서, 다른 나라에 대해서는 전혀라고 해도 좋을 만큼 분위기를 읽지 않았습니다. 오직 자국 내에서 서로 속박하고, '선진국'이라는 과거의 영광에 사로잡혀 변화를 허용하지 않았습니다. 그렇지 않아도 뒤쳐지고만 있는 상황에, 하물며 추첨운까지 나빴습니다.

"우와, 아직도 낳고 있군."
"왜 낳고 싶어 하는 걸까요. 분명 키우기 힘든 사회로 만들어놨는데 말이죠."
"생각보다 끈질긴걸."
"한 단계 더 낳기 어렵게 만들어볼까요?"
"부탁하네."

유출된 음성의 의미를 처음부터 이해한 이는 없었습니다.

나카노 유키는 한 손으로 아기의 머리를 받치고 다른 한 손으로는 스마트폰 화면을 스크롤하고 있었다.

이제 막 4개월에 들어선 소타의 조그만 입이 유키의 왼쪽 유두를 완벽하게 감싸고 있다. 거울로 보면 자신도 흠칫 놀랄 만큼 새까맣게 변한 유두는 단유를 하면 원래대로 돌아온다고 인터넷과 육아 서적에 나와 있지만, 지금의 유키로서는 상상이 가지 않는다. 그만큼 까맣다.

인체의 신비.

한낮의 방에서 상반신을 훤히 내놓고 수유를 하는 것에 아무런 부끄러움도 없었는데, 생각해보면 소타가 태어난 순간부터 부끄러움이라고는 한 번도 느끼지 않았던 것 같기도 하다. 모든 것이 스위치가 전환되듯 일상이 되었다.

때때로 길거리나 백화점을 걷다가, 혹시 지금 자신이 가슴을 내놓은 채 돌아다니고 있는 건 아닌지 문득 불안해져서 가슴을 확인할 때가 있다. 물론 옷은 제대로 입고 있었지만, 그만큼 유키 안에서 가슴은 감추지 않으면 안 되는 것이라는 인식이 희미해졌다.

이렇게 되고 보니, '공공' 장소에서의 모유 수유를 둘러싸고 논란을 벌이는 것이 진심으로 어리석게 느껴진다. 수유는 지극히 당연한 일이니까. 수유에 거부반응을 보이는 것은 '나는 여성의 몸을 성적으로 보고 있습니다' 하고 선언하는 것이나 마찬가지다. 자기 좋을 대로 성적으로 보면서, 아이를 낳아라, 아이를 키워라, 하지만 24시간 긴장을 늦추지 말고 매너를 지켜라, 이러는 것은 참으로 어처구니없다.

똑같은 몸인데, 성적으로 보이거나 그렇지 않거나 하는 것이 신기하다.

지금 어떤 의미에서는 가슴도 유두도 성기도 아이를 낳기 위한, 키우기 위한 신체 부위에 불과하다. 아이를 낳고 유키는 성적이지 않은 자신의 몸을 알게 되었다. 스스로 그 감각을 깨치고 있는 것은 매우 안심되는 일로, 이제는 외부로부터 아무리 성적인 시선을 가진 사람들의 문법을 적용당해도 딱히 개의치 않는다.

게다가 이런 뉴스라니.

젖을 물린 쪽의 반대쪽 가슴 안쪽이 찌릿하다. 마치 양쪽 가슴이 서로 영향을 주는 것인가 싶은 느낌이 매번 있다.

인체의 신비.

몇 번이나 느꼈는지 모를 감동을 유키는 또 느낀다.

보고 있던 페이지를 잠시 닫고 수유 시간을 재는 앱으로 돌아가자, '왼쪽'이라고 표시된 스톱워치는 벌써 8분을 넘어가고 있었다.

유키는 정지 버튼을 누르고, 소타의 입에 손가락을 넣어 왼쪽 유두에서 빼낸 다음, 몸의 방향을 바꿨다. 몇 번이고 반복해온 일련의 동작을 하는 와중에도 소타의 눈은 여전히 감겨 있었다. 한없이 작은 손발이 이따금씩 움직였다.

이번에는 오른쪽 유두로 소타를 유도하자 아무런 의심도 없이 입에 물었다. 필요한 액체가 나오는 곳, 정도로밖에 느끼지 않겠지. 유키는 '오른쪽'의 시작 버튼을 눌렀다.

다시 인터넷 화면으로 돌아간다.

언제부터인가 유키의 스마트폰 검색 이력은 '임신 중'으로 시작하는 방대한 양의 질문으로 도배되었다.

임신 중 생햄 먹었는데

임신 중 톡소플라스마

임신 중 회 먹었는데

임신 중 카페인 마셨는데

임신 중 배 통증

　임신 중 생채소에 벌레

　임신 중 감기약 시판용

　임신 중 멀리 외출 어디까지

　무슨 일만 있으면 바로 스마트폰부터 꺼내 드는 유키에게, 보다 못한 남편과 친구들은 너무 걱정하지 말라고, 정신적으로 안 좋다고, 괜찮다고, 그러니까 검색하지 말라고 충고했지만, 뭐가 괜찮다는 건지 이해할 수 없었다. 별안간 내던져진 광대한 불안의 바다에서 정답도 모르는 채, 애초에 정답 따위 없을지도 모르는데, 어떻게 괜찮다고 생각하며 지낼 수 있을까. 유키는 조금도 괜찮지 않았다.

　검색하지 말라고 조언하는 이들은 유키의 마음이나 불안을 이해하는 것처럼 느껴지지 않았다. 어딘지 절박한 느낌으로 지식 사이트에 질문을 남기는 사람들이, 설령 그게 몇 년 전에 올라온 질문일지라도 훨씬 더 친근하게 느껴졌다. 그리고 이 사람들은 지금 어떻게 지내고 있을까 하고 생각에 잠기기도 했다.

수유 중 양 충분한지

수유 중 카페인 마셨는데

수유 중 회 먹었는데

수유 중 초콜릿 영향

수유 중 시판 약

수유 중 젖꼭지 통증

수유 중 어깨 통증

수유 중 가슴 통증

몇 번을 입력했는지 모를 '임신 중'이라는 검색어는 소타가 태어나면서 '수유 중'으로 바뀌었다.

게다가 갓난아기나 사회보장에 대한 불안이나 궁금증도 커져서 여전히 유키는 무수한 질문의 답을 인터넷에서 찾고 있었다.

인터넷에 있는 정보가 정확하다는 보장은 어디에도 없었고, 특히 지식 사이트는 비전문가끼리의 의견 교환에 불과해 아무런 근거가 없는 경우도 많았다. 그래도 '괜찮다'고 누군가가 남겨놓은 한마디가, 어딘지 남의 일처럼 태평하게 말하는 남편의 '괜찮아'보다도 훨씬 위로가 되었다. 지식 사이트에 도움을 청하는, 얼굴도 모르는 이의 절실함에, 유키는 시간과 장소를 뛰어넘어 공감했던 것이다.

조금 전 열어본 화면에는 요즘 큰 논란이 되고 있는 사건의 후속 기사가 떠 있었다.

당초 유출된 몇몇 정치인의 음성은 암묵적으로 규제가 이뤄지고 있는 텔레비전 뉴스에서는 보도되지 않았지만, 눈 깜짝할 새에 인터넷을 통해 퍼져나갔다.

그러자 방송에서도 해당 화제를 다루지 않을 수 없게 되었고, 요즘 들어서는 뉴스 방송에서도 언급되기 시작했다.

그렇지만 여전히 태평하게 예능 프로그램이나 드라마를 방송하는 시간이 대부분이었다. 어딘지 모르게 긴장감이 결여된 이 상황은 이 나라가 지금까지 구축해온 분위기가 얼마나 공고한지를 보여주고 있었다.

아직 정확한 시기는 밝혀지지 않았지만, 아마도 지난 세기말 즈음, 일본은 인류의 심각한 환경 파괴를 막기 위해 각국의 대표가 비밀리에 모여 진행한 추첨에서 꽝을 뽑아 첫 번째 '축소 국가'로 선정되었다.

그 후, 정부는 나라를 정리하려고 하고 있다.

나라를 정리하기 위해서는 인구를 줄일 수밖에 없었다.

표면상으로는 민주 국가로서 기능시키면서도, 인구를

줄이기 위해서는 아이를 낳고 싶지 않은 나라로 만들 필요가 있었다.

애초에 '아저씨'에 의해 출산과 육아 정책이 뒤떨어져 있었던 것이 잘된 일이었다. 정부는 그 후진성을 더 후퇴시켰다.

세계에서 일본만 홀로 뒤처진다 할지라도 결혼하는 여성에게서 성을 빼앗고, '아내'라는 이름에 걸맞게 그때까지 해오던 일이나 생활로부터 분리해 집 안에 가둔다. 출산은 질병이 아니라는 억지 주장으로 보험 대상에서 제외시키고, 무통 분만은 고액으로 책정, 출산의 고통을 어머니의 사랑이라는 굴레로 묶어버리고, 여성이 죄책감을 느낄 수 있도록 사회 통념을 조작한다. 육아 수당은 참새 모이만큼 지급하고, 보육 시설은 충분하지 않도록 신경 쓴다. 유아차 동반자에게 짜증과 혐오를 분출하는, 육아에 대한 이해가 없는 사회를 만들어낸다.

이래도 낳을 테냐, 아직도 낳을 셈이냐, 그렇다면 더욱 낳기 어렵게 만들어주마. 정부는 시행착오를 반복했으나 은밀하게 시행된 정책은 대체로 성과를 거두었고, 출생률은 확실하게 줄어들어갔다. 2019년에 후생노동성이 발표한 출생아수는 90만 명을 밑돌았다. 그럼에도 정부의 목표에는 한참 미치지 못했다.

"우와, 아직도 낳고 있군."
"왜 낳고 싶어 하는 걸까요. 분명 키우기 힘든 사회로 만들어놨는데 말이죠."
"생각보다 끈질긴걸."
"한 단계 더 낳기 어렵게 만들어볼까요?"
"부탁하네."

그들의 상황을 감안한다면, 이 대화도 납득이 가기는 했다.
표면에 드러난 사태는 세상을 뒤흔드는 큰 사건이었지만, 자국이 관여한 사실 때문에 언론 보도도 자연스럽게 논점에서 벗어난 것이 되었다. 향후 두 번째 국가가 되는 것을 어떻게 피할 것인가, 이 같은 축소 정책은 이미 훨씬 전부터 다른 나라에서도 시행되어왔을 것이다, 라는 모호한 대책과 추측으로 일관했는데, 애초에 일본이라는 나라가 모호한 나라였다.
유키는 그 모든 것을 소타에게 젖을 물리면서, 이불에 내려놓자마자 울음을 터뜨리는 소타를 안아들고 달래면서, 소타의 기저귀를 갈아주면서 지켜봤다.

전 국민에게는 물론이고, 신생아를 이 세상에 막 내놓은 유키에게 못된 농담과도 같은 뉴스였지만, 줄곧 답을 알 수 없었던 질문에 답이 주어진 것처럼도 느껴졌다.

임신 중 유키의 둥근 배를 보고도 임산부 배려석에 앉아 자는 척하던 회사원과 꼴사납게 다리를 쭉 뻗고 게임을 하던 남학생 앞에 서 있을 때도, 난데없이 '임신부 가산금'[●] 제도가 등장했을 때도, 소타가 태어나고 얼마 지나지 않아 '후기고령자 지원금'을 징수한다는 내용의 안내장이 날아왔을 때도(신생아가 노인을 어떻게 '지원'한다는 말인가), 상담하러 찾아간 구청에서 길고 긴 어린이집 대기 명단을 확인했을 때도, 독박 육아로 세쌍둥이를 키우던 여성이 육아 스트레스로 아이를 바닥에 내던진 사건을 접했을 때도, 서민 경제가 날로 어려워지고 있는데 올림픽과 국제 박람회를 개최한다고 발표했을 때도, 환경에 대해 일말의 지식도 없는 남자가 환경부 장관으로 임명되었을 때도, 뭔가 이상하다고, 이 나라는 뭔가 이상하다고 생각했는데, 위화감 없이는 단 하루도 살 수 없었던 이유를

● 임신부에게 추가 진료비를 내게 하는 것.

이제야 알게 되었다.

아니나 다를까, 트위터에서 팔로우하고 있는 육아 계정 운영자들도 분노를 터뜨리는 한편으로 수긍이 간다는 반응들이었다.

"안 그래도 이상하다고 생각했어!"
"이런 말은 좀 그렇지만, 왠지 안심했다."
"그럼 그렇지!"

확실히 아무런 뒷사정도 없이 예사로 이런 일이 벌어 졌다면, 그야말로 최악의 나라로밖에 생각할 수 없을 것이다.

작은 화면 속에서 흘러가는 여자들의 말에 고개를 끄덕이고 있자, 배가 찼는지 소타가 유두에서 입을 뗐다.

7분 40초.

유키는 '오른쪽'의 스톱워치를 멈춘 뒤, 벌써 새근거리기 시작한 소타를 세워 안고 등을 아래에서 위로 문지르며 트림을 도왔다. 트림이 나오지 않을 때도 많지만, 오늘은 잘 나왔다.

소타를 자리에 눕히고, 완전히 익숙해진 수순대로 다시

한 번 이불로 꽁꽁 싸주었다.

출생아수가 90만 명을 밑돌았다.

그 90만이라는 숫자 안에 소타가 포함된다는 사실을 유키는 조금도 실감할 수 없었다. 소타와 관련된 일이라는 생각이 전혀 들지 않았다. 그건 그저 숫자였다.

한낮의 햇살을 받으며 소타는 기분 좋게 자고 있다. 몇 시간만 지나면 다시 새빨간 얼굴을 하고 울음을 터뜨린다는 사실이 믿기지 않을 정도다. 나라가 끝나가고 있다는 사실이 믿기지 않을 정도다. 아직 속눈썹이 짧은 탓에 눈매가 마치 칼로 두 군데 칼집을 낸 것처럼 또렷하다.

지금 이 시간에 해둬야 할 일들이 잔뜩 있었지만, 아무런 근심도 없이 잠든 얼굴에 이끌리듯 유키는 소타 옆에 누워 눈을 감았다.

어둠 속에서 조금 전 화면에서 본 장소와 시간이 붉게 명멸하고 있었다.

하늘은 활짝 개었고, 소타는 '띠'의 수준을 벗어나 이미 독자적인 진화를 이룬 아기 띠 안에서 곤히 잠들어 있었다. 그 사실만으로도 유키는 마음이 든든했다. 소타의 평소 활동 범위에서 한참 떨어진 곳에 와 있는데, 전혀 개의

치 않고 당당하게 쌕쌕거리는 숨소리를 내며 자고 있다.

유키가 아기 띠를 사기 전, 너나할 것 없이 사용하는 그 아이템의 이름이 뭘까 하고 검색하다가 겨우 인스타그램에서 이미지를 찾아냈을 때, 어라, 이게 띠라고? 거의 배낭이나 가방 수준인데? 하고 당황했던 것도 이미 옛날 얘기다.

아이를 낳기 전에는 전혀 필요하지 않았던 수많은 새로운 정보와 상품명이 순식간에 유키의 머릿속에 축적되었고, 그것들은 새로운 지식으로서 유키에게 신선함을 느끼게 해주었다. 무엇이든 배우는 것은 즐겁다.

퇴원 이후 소타를 밖에 데리고 나간 적이 없었던 유키는 생후 한 달 첫 검진 때 이렇게 작은 생명체를 안고 돌아다니는 것이 불안해졌고, 그래서 당시 판매하던 제품들 중 가장 튼튼해 보이는 투박한 소재의 최신 아기 띠를 골라 구입했다.

소타와 바깥 세상에 몇 번 나가다 보니 긴장감이나 두려움도 제법 희미해져서, 마치 특수 부대의 방탄조끼를 입은 것 같은 자신의 모습이 어쩐지 부끄럽기도 하고, 어떤 옷을 입어도 이 아기 띠 하나로 모든 것이 무효화돼버리는 것 같아서, 더 내추럴한 소재로 만들어진 아기 띠를 맵시 있게 착용한 사람들이 부러워지기도 했지만, 자신의 가슴과 투박한 아기 띠 사이에서 안심하고 잠들어 있는 소타를 보면 역시 이걸로 하길 잘했다는 생각이 들었다. 가끔 길을 가다가 똑같은 아기 띠를 한 사람과 마주치면 그 모습이 역시 투박해 보여서 나도 저렇게 보이겠지, 하고 곱새기면서도 동지를 발견한 것 같아 기뻤다.

집합 장소는 콘서트홀도 있는 큰 공원으로, 많은 사람들이 모여 있었다. 대부분이 여성이었지만 드문드문 남성의 모습도 보였다.

모임의 성격으로 봐서 아이가 운다고 차가운 시선으로 보거나 하지는 않겠지만, 잠에서 깬 소타가 칭얼거리거나 울음을 터뜨릴 수도 있으니 유키는 만일을 대비해 사람이 붐비지 않는 뒤쪽에 있기로 했다.

둘러보니 아이를 데리고 온 여성들이나 유아차를 끌고 온 부부들이 마찬가지로 뒤쪽에 자리 잡고 있었다. 유치원생쯤 돼 보이는 남자아이가 작은 플래카드를 번쩍 들고 있고, 아이 엄마로 보이는 여성이 웃으면서 그 모습을 스마트폰으로 찍고 있었다.

아기 띠를 두르고 나무 그늘 밑에서 마치 춤을 추듯 한들한들 몸을 흔들고 있는 여성과 눈이 마주쳐 누가 먼저

랄 것 없이 다가갔다.

여성의 아기 띠 안에서는 소타보다 먼저 태어난 듯한 튼실한 여자아이가 손가락을 빨면서 잠들어 있었다. 육아 책에는 '이렇게 되면 몇 개월, 몇 개월이 되면 이러이러한 것을 할 수 있다'라고 성장 단계별로 자세하게 설명되어 있지만, 결국에는 눈대중에 불과한 것으로, 유키는 소타가 아닌 다른 아기를 보고 몇 개월인지 몇 살인지 맞춘 적이 없다.

"잘 자네요."

유키가 말을 걸었다.

"그쪽도요."

여성은 소타를 보고 미소 지었다.

"몇 개월이에요?"

"이제 4개월이에요."

"우리 애는 얼마 전에 7개월이 됐어요."

"와, 대단해요. 아직은 그 시기가 상상이 안 돼요."

"그렇죠, 저도 그래요. 지금밖에 모르죠. 아니, 지금도 제대로 알고 있는 건지 잘 모르겠어요."

"공감해요."

몸집이 작은 여성은 쇼트커트에 감색 베레모가 잘 어울

렸다. 아기 띠는 아웃도어 브랜드의 메시 타입이다.

임신 중일 때 산부인과에 가면 베레모를 쓴 여성들이 많아서 신기했는데, 30대 중반에 출산한 자신도 출산 후 흰머리가 급격히 늘어나 베레모를 쓰는 이유를 알 것 같았다. 출산 후 심해진 탈모나 흰머리를 감추면서도 적당히 꾸민 것처럼 보이는 것이 바로 베레모였던 것이다.

앞쪽이 술렁거리기 시작했다.

시위 주최자들이 나타난 모양인지, 몇 명의 여성이 단상에 올라 있는 모습이 보였다.

"저 사람들, 원래 평범한 회사원들이래요."

까치발을 하고 몸을 쭉 늘려 앞쪽을 보고 있는 베레모 여성이 아기 띠 위로 딸을 끌어안으며 말했다.

"그래요?"

유키도 무의식적으로 아기 띠 위로 소타의 감촉을 확인했다. 부드러움이라고는 조금도 느껴지지 않는 단단한 소재가 소타의 연약함을 지켜주고 있었다.

단상에 오른 여성들은 회사에 출근할 때나 휴일에 외출할 때 입는 평범한 복장을 하고 있었다. 유키와 아무런 차이가 없었다. SNS에서 시위 개최 일시를 확인했을 때 보았던 '게이코'와 '가가와'라는 주최자들의 이름이 한순간 유키의 뇌리에 떠올랐다.

"그런데, 그 핑크색 머리 멋지네요."

언제부터인지 베레모 여성은 유키의 머리를 물끄러미 보고 있었다.

"아, 고마워요. 흰머리가 늘어서 그냥 염색해버렸어요. 외출할 일은 별로 없지만요."

"좋은데요. 긴 머리랑 잘 어울려요. 제가 좋아하는 애니메이션 캐릭터 같아요."

"그래요? 어떤 애니메이션인데요?"

"여자아이가 세상에 혁명을 일으키는 내용이에요."

그 순간 목소리가 확성기를 타고 울려 퍼졌고, 유키와 여성은 무심코 나란히 박수를 쳤다.

❋

 무심한 얼굴로 아이스 쇼콜라쇼라는 아이러니한 이름의 음료('쇼'는 뜨겁다는 뜻이라고 어디서 읽은 적이 있다)를 홀짝이고 있는 게이코를 가가와 아유무는 기가 막힌다는 표정으로 바라봤다.
 "걱정했다고요."
 "응, 그랬어?"
 "2주 동안 뭐 했어요?"
 게이코는 음료 위에 올라간 바닐라 아이스크림을 긴 스푼으로 떠서 입으로 가져가더니, 그렇게 행복한 표정은 어린애도 안 지어요, 라고 말해주고 싶을 정도로 방긋방긋 웃으며 음미했다.
 그 표정 그대로 마치 평소 근황을 전하듯이, 게이코는 앞으로 일어날 일을 아유무에게 설명했다.
 관저 앞 시위 대열이 무너진 순간, ××의 모습을 발견한 게이코는 정신을 차리고 보니 앞을 향해 달려가는 인파 속을 무서운 기세로 역주행하고 있었다.
 "막상 그런 상황이 닥치니까 시위보다는 최애더라."
 게이코는 스스로에게 놀란 마음 반, 쑥스러움 반이 뒤섞인 심정으로 당시의 자신의 행동을 회상했고, 아유무는 그런 게이코에게 심통이 나서 무표정으로 응수했다.

게이코는 전력으로 질주하는 사람들과 부딪히면서도 ××가 사라진 그 한 지점을 향해 달렸고, 그리고 결국 찾아냈다. 잘못 본 게 아니었다.

게이코가 화면 속에서 셀 수 없이 재생했던 ××가, 돌연 기어를 넣은 것처럼 뛰쳐나가는 주변 사람들의 행동에 당황한 듯이 그 자리에 멈춰 서 있었다.

게이코는 발을 멈추며, 자신이 정말 착각한 게 아니었다는 사실에 새삼 동요했다.

마치 바다가 갈라지듯, 꼿꼿하게 서 있는 소녀의 주위를 노도처럼 달려 나가는 어른들.

눈앞에 펼쳐진 광경은 마치 뮤직비디오의 한 장면 같아서, 슬로모션을 보는 것 같아서, 그야말로 그림 같은, 그 자체로 그림인 ××의 모습에서 눈을 뗄 수 없었다. 현실의 ××를 보고도 그렇게 되고 마는 자신의 이 눈을 멀게 하고 싶어서 게이코는 저도 모르게 눈을 꼭 감았다.

게이코의 눈은 멀지 않았고 ××는 존재했다.

20미터 정도였을까.

살면서 가장 긴장되는 20미터였다.

게이코는 용기를 쥐어짜내 그 20미터에 발을 내딛었다.

"와, 정말 엄청난 일인데요. 근데 오타쿠의 망상 같은 얘기네요. 정말로 망상이 아닌 거죠?"

거듭 확인하자 게이코는 지극히 진지한 표정으로 가만히 또 깊게 고개를 끄덕였지만, 평소에도 진지한 얼굴로 망상이나 꿈 이야기를 자못 현실처럼 늘어놓는 오타쿠 친구들을 많이 알고 있는 아유무로서는 아직 완전히 믿을 수는 없었다.

게이코는 이야기를 이어갔다.

20미터는 눈 깜짝할 새였다.

마음을 먹을, 이라고 해도 무슨 마음을 먹는다는 것인지 알 수 없었지만, 아무튼 마음을 먹을 만한 여유가 있는 거리가 아니었다. 다가가고 있는 것은 게이코였지만 느낌상으로는 ××가 점점 다가오는 것 같았다. 이 상황에서 자신을 향해 다가오는 여자에게 겁을 먹지 않을 리가 없었다. 문득 거기에 생각이 미치자 게이코는 다시 걸음을 멈췄다.

둘 사이의 거리는 약 3미터.

××의 눈에 자신이 비친 것을 게이코는 알 수 있었다. ××는 자기 앞에 멈춰 선 낯선 여자를 과연 의아한 표정

으로 바라보았다. 언제든 움직일 수 있도록 한쪽 발뒤꿈치를 들고서. 하지만 게이코는 더 이상 머뭇거릴 여유가 없었다.

"여기서 뭐하는 거예요?"

머릿속이 하얘진 줄 알았는데, 게이코의 입에서 말이 튀어나왔다.

나는 그게 궁금했던가, 마치 남의 일처럼 그렇게 생각했다.

"보러 왔어요."

××가 대답했다. 물어보니 답할 뿐, 단지 그런 말투였다.

"뭘 말예요?"

"사람."

"사람이라니, 무슨 뜻이에요?"

아유무는 잘 이해가 되지 않아 게이코의 말을 가로막았지만, 게이코는 좀 기다리라는 듯이 마치 외계인이 인사할 때처럼 한쪽 손을 쭉 내뻗었다.

그 후, 두 사람은 차를 마셨다.

이미 일어난 일은 어쩔 수 없다.

차 한잔하지 않을래요?

××가 그렇게 말했을 때 게이코는 아, 네, 라는 대답밖

에 할 수 없었다. 두 사람은 무리에서 벗어나 곳곳에 서 있는 경찰들과 눈이 마주치지 않도록 걷다가, 조금 떨어진 곳에서 발견한 카페에 들어갔다.

그리고 게이코는 ××에게서 앞으로 일어날 일에 대해 들었다.

추첨으로 정한 나라를 정리하는 계획을 숨기는 데 한계를 느끼고, 아니, 그냥 귀찮아져서, 총리를 포함한 각 장관들은 직접 나서서 사실을 누설하기로 했다. 그렇게 하면 더 이상 체면을 차릴 필요가 없어지므로 거리낌 없이 책임을 방기할 수 있었다.

하지만 크게 실패한 마지막 정권으로 역사에 기록되는 것만은 피하고 싶어서, 더 크게 실패할 정권을 마지막에 세우려 하고 있었다. 그게 ×× 그룹이라고.

이미 제의를 받았다고, ××는 아이스 레몬티를 마시며 담담하게 이야기했다.

사태의 심각성도 있고, 이쯤 되자 눈앞에 최애가 있는 상황에 게이코도 익숙해져서 그림 같다는 따위의 생각은 하지 않게 되었다. 최애도 인간이니까, 인간으로서 서로를 대하는 건 당연한 일이다.

소속사는 큰 건이 잡혔다고 대단히 기뻐하며 제안을

받아들였고, 그 남자는 최고의 엔터테인먼트로 만들어보라며 팔짱을 낀 채 씩 웃었다고 한다. 그 모든 것을 게이코는 쉽게 상상할 수 있었다.

아이돌에게 국가를 떠맡기고 실패하는 모습을 웃으며 즐기는 것. 그것이 이 나라의 남자들이 마지막으로 생각해낸 오락이자 힐링이었다.

자신의 실패를 수습하지 못하게 된 상황에서 여성에게 뒤처리를 시키는 것은 이 나라 남자들이 일상적으로 반복해온 일이었고, 하물며 엔터테인먼트로서 화제를 끌어 모을 수 있다니, 돈이 된다니, 일석이조, 아니 일석삼조였다. 어떤 위기 상황에서도, 아니, 위기 상황에서야말로, 여성을 소비할 수 있는 한 최대한 소비한다. 그 태도는 확고했다.

아무리 주어진 일에 진지하게 임해왔다고는 하지만, 이 타이밍에서 나라를 통째로 위임받은 ××와 멤버들은 물론 당황했다.

××와 멤버들이 최선을 다하고 실패함으로써 국민들을 감동시킨다. 혹은 진두에 서서 비난의 방패막이가 된다. 그것은 비단 지금 같은 국면이 아니더라도 여자아이들에게, 여성들에게 일상적으로 요구해오던 것이었다. 어

려울 것은 없었다. 싫으면 '졸업'이라는 선택지가 남아 있었다. 사실 몇몇 멤버는 '졸업'을 발표할 타이밍을 기다리고 있었다.

"저는 아직 고민 중이거든요. 그래서 보러 왔어요. 사람들이 어쩌고 있는지."

컵 안에서 수분을 찾지 못한 ××의 빨대가 쪼르륵 하고 소리를 냈다.

"사람들이 어쩌고 있던가요?"

게이코는 그렇게 묻고 커피 젤리를 입에 넣었다. 이 체인점의 커피 젤리는 맛있다.

"저희가 노래를 불렀던 것처럼 저항을 하고 있었어요. 저항하는 사람과 이야기를 나누고 싶었어요. 어떻게 해야 할까요?"

그 물음 앞에 게이코는 일말의 망설임도 없었다. 왜 두 사람이 만났고 지금 이곳에 있는지, 아주 잘 알고 있었다.

"어떻게 해야 할지 당신은 이미 알고 있어요. 거절하면 안 돼요."

"하지만 우리끼리 할 수 있을지 모르겠어요."

"우리가 도울게요."

"왜 그렇게 해주시는데요?"

"팬이니까요. 아이돌과 팬은 서로 도와야죠."

돌이켜보면, 무슨 일이든 늘 차를 마시는 와중에 대화가 풀렸던 것 같다.

지금 이렇게 아유무와 게이코가 몇십 번째인지 모를 차를 마시고 있는 것처럼.

"그러니까 가가와 씨, 우리가 해야 할 일이 있어. 지난 2주 동안 ×× 씨와 연락을 주고받으면서 어떤 상황인지 자세히 들었고, 이제 준비가 됐어. 우선 시위를 하자."

아이스 쇼콜라쇼를 비우면서 게이코가 말했다.

"알겠어요."

"이해가 빠른걸."

고개를 끄덕이면서 아유무는 자신도 해야 할 이야기가 있었다는 사실을 문득 떠올렸다.

"그 남자, 회사에서 쫓아냈어요."

"뭐? 어떻게?"

한 잔 더 마실까, 아니면 케이크가 좋을까, 하고 다시 날카로운 눈으로 메뉴를 살펴보던 게이코는 그 말에 고개를 들 수밖에 없었다.

"드러나지 않았을 뿐이지 분명 똑같은 짓을 여러 번 했을 거라고 생각했거든요. 그래서 고바야시 씨와 다른 비정규직 직원들에게 정보를 돌려서 그런 비슷한 일을 당한 사람이 없는지 물어봐 달라고 부탁했어요. 그랬더니, 있었어요. 지금 회사에 있는 사람만 네 명. 이유 없이 친한 척하거나, 성희롱인지 아닌지 판단하기 애매한 말을 하거나. 억울하지만, 어쩌면 이미 회사를 그만둔 사람도 있을지 몰라요."

"그랬구나."

게이코는 저도 모르게 숨을 내쉬었다.

"네. 그래서 몽땅 정리해서 인사과에 제출했어요. 그 남자는 인사과에 불려갔고, 결국은 부서 이동 정도로 미적지근하게 마무리됐는데, 우리가 소문을 회사 전체에 퍼뜨리기도 했고, 자존심상으로도 버티기 힘들었는지 그 후로 회사에 안 나오더라고요. 맥이 빠질 정도로 간단한 일이었어요."

별일 아니라는 듯이 카페오레를 마시며 거리낌 없이 이야기하는 아유무의 귓가에서 롱 체인 귀걸이가 자신감 있게 흔들렸다.

"왜 그렇게까지 해준 거야?"

게이코는 귀걸이 끝을 물끄러미 바라보며 물었다.

"무너뜨리기로 결심했으니까요."

거침없이 대답하는 아유무에게 그다지 놀라지는 않았다. 지금처럼 마주 보고 앉아 일할 때부터, 뭔가에 화가 난 듯한 얼굴로 핑크 스턴건을 들고 다닌다고 말했을 때부터, 아유무가 이런 사람이라는 것을 알고 있었던 것 같다.

"어떻게 해야 좋을지, 타이밍이라든가 그런 것도 하나도 몰랐고, 정말 가능하긴 할까 자신도 없었는데, 그래도 막상 하니까 되더라고요. 그 남자도 부서가 다른 비정규직 여자들이 서로 손을 잡을 거라고는 생각하지 못했으니까 그런 짓을 했겠죠. 열 받아. 그래서 손 좀 잡아봤어요. 그러니까, 우리도 손을 잡고 본때를 보여주자고요."

"응, 본때를 보여주자."

텅 빈 컵과 마시다 만 컵이 공중에서 맞닿아 쨍 하고 작은 종소리를 울렸다.

그리고 혁명이 시작됐습니다.

일본이라는 나라가 정리 중이라는 사실이 보도됨과 동시에, 여성들은 SNS를 통해 호소하기 시작했고, 사람들은 점차 모이기 시작했습니다.

언제부터인가 일본인은 모이는 것을, 시위를 꺼렸습니다.

우리는 비교를 위해 다른 나라에서 행해진 시위 관련 자료를 확인했습니다.

국민을 위하지 않는 정치인이 출마하거나 국민을 배려하지 않은 정책이 추진되려고 하면, 사람들은 우르르 거리로 나왔습니다. 평소에는 통행로였던 길이 순식간에 사람들의 물결로 메워지고, 저항의 장소로 바뀌었습니다. 그 모습을 포착한 영상을 보고 우리는 입을 다물 수 없었습니다.

하지만 일본에서는 국민을 위하지 않는 정치인이 출마하거나 국민을 배려하지 않은 정책이 추진되려고 해도, 사람들은 거리로 나오지 않았습니다. 거리는 메워지지 않았습니다. 유감스럽게도 이때도 마찬가지였습니다.

더군다나 나라를 정리하기 시작했다고 해서 지금까지의 생활이 갑자기 단절되는 것도 아니었습니다. 모든 것이 축소될 뿐이었죠. 서서히 끝나갈 뿐이었죠.

 이전과 같은 생활을 유지할 수 있다는 사실에 안도하는 사람도 많았고, 고령층일수록 무관심으로 일관했습니다.

 당시 모여든 사람들은 그때까지도 자신이 무엇을 원하는지, 왜 행동해야만 하는지 스스로도 아직 잘 모르고 있었던 것이 아닐까요. 그럼에도 가만히 있을 수만은 없었습니다.

 그래서 확성기를 통해 울려 퍼진 주최자 여성들의 호소에도 그리 놀라지는 않았을 것입니다.

 예상과 달리, 그들이 호소한 것은 나라가 끝나는 것에 대한 분노와 불만이 아니었습니다. 그들은 정말로 일본이 끝나는 것이 사실이라면 마지막으로 실험을 하게 해 달라고 주장했습니다.

 "더 이상 할 수 있는 게 아무것도 없다면, 이대로 끝나 버리는 거라면, 최후의 시간을 우리가 가집시다."

 그 말은 확성기를 통해 퍼져 나갔습니다.

 지금껏 이 사회는 '아저씨'가 움직여왔다. '아저씨'가 지휘하는 한 어디든 예외 없이 똑같은 결과가 나왔다.

사회가 '아저씨'에 의해 운영되는 이상 여자아이는, 여성은, 어디에 있든 무엇을 하든 '아저씨'의 손으로부터, '아저씨'의 눈으로부터 자유로워질 수 없다. 최후의 순간만큼은 '아저씨'로부터 자유로워지고 싶다. '아저씨'가 정하지 않은 세계를 보고 싶다. '아저씨'가 사라진다면 사회 구조는 극적으로 바뀔 것이다. 그 사회를 보고 싶다. 작금의 사회 구조에 진저리가 나고, 신물이 나고, 절망할 대로 절망했으니 새로운 구조를 보고 싶다.

그것이 그들의 바람이었습니다.

그리고 지금, 전 세계에서 '아저씨'에 의해 운용되어온 사회가 쇠퇴하고 위험에 직면해 있다. 이 말은 '아저씨'가 만든 룰이 잘못되었다는 것이다. 진화론을 거론할 필요도 없이 생존을 위협하는 종은 도태되어왔다. 그렇다면 인류의 생존을 위협하는 '아저씨'는 멸종됐어야 하는데, 여기까지 오고 말았다. 이제 되돌아갈 수도 없는 곳까지.

여자를 대통령으로 뽑을 바에야 모든 면에서 추악한 '아저씨'를 대국의 대통령으로 세우겠다며 세계를 위험에 빠뜨리는 길을 택했던 것처럼, 응급 환자의 생명을 구하는 것보다 남자의 성역인 씨름판에 여자가 오르는 것을 용납할 수 없었던 것처럼, 심각한 환경 파괴보다 그것을 진지하게 호소하는 종종머리 여자아이의 말투가 마음에 들지 않았던 것처럼, 이대로 분명 '아저씨'에 의해 나라가 멸망하고, 세계가 멸망할 것이다. '아저씨'로 인해 모두가 죽을 것이다.

  일본의 끝이 이미 정해진 거라면 우리는 우리가 보고 싶었던 것을 보겠다. 어차피 끝날 거라면, 마지막은 우리가 하고 싶은 대로 하겠다.

  그들의 말이 끝나자, 어느새 그 장소는 뜨거운 박수갈채로 가득 차 있었습니다. 이 날의 영상은 SNS를 통해 확산되었으며 집회는 점점 규모를 키워갔습니다.

  그리고 정권을 잡은 ×× 그룹은 '팬'과 의논했던 대로 곧장 그 뜻을 이루었습니다. 이전 정권이 많은 국민들을 얼마나 능멸해왔는지를 언급하고, 국민의 뜻에 응하는 형태로 말이죠.

  아이돌에게 정치를 떠맡기고 자신들은 마지막까지 '위안'을 받고자 했던 '아저씨'는 크게 놀랐지만, 기차는 이미 떠난 뒤였습니다.

  사회는 뒤집혔습니다.

  아니, 뒤집힌 것처럼 느끼고 술렁거린 건 '아저씨'뿐이었을지도 모릅니다.

사회를 변화시킨다.

말은 그랬지만 모든 것은 이미 밝혀졌고, 말은 그랬지만 시한은 천천히 다가오고 있었으며, 말은 그랬지만 여기서부터 다시 발전하기란 불가능했습니다.

발전 없이, 조용히 끝나갈 뿐이었죠.

실제로 그건 그리 어려운 일이 아니었습니다.

개인은 그때까지와 다를 바 없이 살아가면 그만입니다. 아이가 있는 사람도 변함없이 이 작은 나라에서 살아갈 수 있었고, 아이의 장래를 우려해 다른 나라로 건너가기를 희망하는 사람들은 그렇게 할 수 있었습니다. 일본의 상황에 관심을 갖고 일시적으로 이주를 신청하는 괴짜도 있었습니다. 좋은 기회라며 해외로 나서는 여성도 적지 않았습니다. 이제 와서 이 나라와 함께 죽을 필요는 전혀 없었으니까요. '팬' 중 한 명은 적당한 시기에 여동생이 사는 나라로 향했습니다. 그리고 그곳에서 '팬'으로서의 삶을 이어갔습니다.

무너져가는 아이돌을 안주 삼아 유유자적 여생을 보내고자 했던 '아저씨'들만이, 진심으로 나라를 살리려고 했던 ××와 멤버들을 보며 경악했고, 비스듬한 각도로 팔짱을 낀 채 소파에서 미끄러져 내리거나, 얼굴이 벌게져서 미친 듯이 화를 내기도 했습니다.

그러나 여자 아이돌이 아무런 지원도 없이 하나에서 열까지 고군분투하는 편이 엔터테인먼트로서 재미있을 것이라며 그들에게 통째로 떠맡긴 이상, 이제 와서 '아저씨'의 항의에 귀를 기울이는 사람은 없었습니다.

'아저씨'가 ×× 그룹이 실패하는 모습을 보고 싶은 것이라면, 실패하지 않으면 그만입니다.

물론 여기서 말하는 '실패'란 '아저씨'들이 말하는 실패입니다. ×× 그룹과 '팬'들은 서로 협력하며 사회를 다듬어 갔습니다. 결코 마지막 장난이 되지 않도록 말이죠.

여자의 관리 하에 있을 수 없다고 신세계를 찾아 바다를 건너는 '아저씨'도 드물게 있었지만, '여자가 관리하는 나라'가 의외로 많다는 사실을 발견하고, 또 말도 통하지 않아서 옛날의 일본처럼 살기 좋은 나라는 없다고, 그건 특수한 것이었다고 절절히 느끼며 맥없이 돌아왔습니다. '아저씨'는 자신들의 낙원을 자기들 손으로 내놓았고, 그 낙원은 두 번 다시 돌아오지 않았습니다.

×× 그룹은 자신들에게 맡겨진 일이 얼마나 간단한 것이었는지 깨닫고 놀랐습니다.

그도 그럴 것이, '아저씨'가 자신의 이익을 위해 행하던 많은 것들을 마치 완충제를 뽁뽁 터뜨리듯이 하나씩 제거하는 것만으로 사회가 몰라보게 달라졌으니까요. 이렇게 재미있을 수가, 하며 ×× 그룹은 경탄을 금치 못했습니다. 교육, 노동, 경제, 인프라, 모든 것이 변했습니다. 더 이상 발전해서는 안 된다, 라는 족쇄가 오히려 일을 단순하게 만들었습니다.

×× 그룹은 '아저씨'가 '아저씨'로서 힘을 발휘할 수 없도록 법을 정비하고, 거역하는 '아저씨'에게는 가차 없이 엄벌을 내렸습니다. 성폭력 따위는 감히 엄두도 내지 못할 만큼 벌벌 떨리는 냉엄함이었습니다.

네? 너무하다고요?

이전부터 마땅히 내려졌어야 할 벌이었고, 게다가 본인이 '아저씨'가 아니면 될 일입니다. 머지않아 '아저씨'는 점점 눈에 띄지 않기 시작했고, 이윽고 찾아보기 힘들어졌습니다. 그것만으로도 보람 있는 일이었습니다.

그리고 긴 세월이 흘러, 일본은 깨끗이 사라졌습니다.

우리가 육체를 잃은 지 벌써 상당한 시간이 흘렀습니다. 얼마나 되었는지는 기억하지 못합니다.

육체를 잃고 나서 우리가 발견한 것은, 자신의 몸이 오롯이 자신의 것일 때 육체 자체가 필요 없어진다는 사실입니다.

현재 우리의 몸은 타인에게 보이지 않고, 이용당하지 않고, 착취당하지 않고, 감시당하지 않는 몸입니다. 기존의 어떤 문화 체계에도 속하지 않는 몸.

육체가 사라지고 나서야 비로소 우리는 그것을 손에 넣을 수 있었습니다.

'아저씨'가 없어진 뒤로 제법 개선되기는 했지만 아무래도 육체가 존재하는 동안에는 어려운 일이었습니다. 어쨌거나 육체는 유한한 것이며, 육체는 우리를 배반하니까요. 그것을 아는 인간이기 때문에 서로의 몸을 인정하고 존중했어야 했는데, 인류는 그걸 소홀히 했습니다.

'아저씨'가 만든 사회는 타인의 몸을 능욕하는 일에 너무도 지나치게 열정을 쏟았습니다. 인간에게 그 안에서 살아가라고 강요하는 것은 인류에 대한 모독이었습니다. 그렇게 해서 '아저씨'는 행복했을까요. 우리 눈에는 그다지 행복해 보이지 않았습니다. 그것이 가장 큰 의문점이었습니다. '아저씨'가 행복해 보이지 않는다는 사실이 말이죠. 무엇이 '아저씨'의 원동력이었는지, 지금까지도 우리는 이해할 수 없습니다. 아마 이대로 영원히 의문으로 남겠지요.

지금 우리에게는 피임약도 생리대도 바늘도 은색의 차가운 빛도 더 이상 존재하지 않는다. 필요하지 않다. 고층 빌딩이 사라진 신록의 땅이 있을 뿐이다. '아저씨'에게 그토록 유린당하면서도 잃어버리지 않은 신록. 그건 누군가가 고대하던 미래의 풍경으로서 아주 적합하다.

우리는 이제 나다. 이제 남은 건 오직 나뿐.

그러나 내 안에 모두가 있다.

어느덧 나는 우리의 이름을 잊어버렸다.

나 자신의 이름을 잊었다.

과거의 '나', '××'라는 기호에는 어떤 말이라도 대입할 수 있을 것 같다는 생각이 든다. 하지만 떠오르지 않는다. 나는 내 이름을 일부러 잊어버린 것 같기도 하다. 다가올 시작에 새로운 이름을 붙이기 위해서.

돌이켜보면, 나는 보여주고 싶었던 것이다.

새로운 세계를, 줄곧 보여주고 싶었다.

그건 가능한 일이라고, 마땅히 가능한 일이라고, 그 사실을 보여주고 싶었다. 그래서 했다. 최후의 실험을. 할 수 있다는 사실을 기록으로 남기기 위해서. 우리가 만든 사회가 마지막 일본이 되도록. 얼마나 즐거운 경험이었는지. 정말 즐거웠다.

그리고 일본은 끝났다. 나쁘지 않은 마무리였다고 생각한다. 물론 그대로 계속되었더라면 더욱 좋았을 것이다. 하지만 이번에는 별수 없다.

시간은 충분하니, 우리는 일어난 일을, 일어나지 않은 일을 몇 번이고 이야기하고, 다시 이야기하고, 검토하고, 시뮬레이션할 것이다. 언제가 될지는 모르겠지만, 다시 시작될 그때를 위해서. 그때까지 이 마음을 지속시키기 위해서. 이것만큼은 잊어서는 안 될 것이다.

그러므로 나는, 그러므로 우리는, 여기 존재한다.

이상으로 발표를 마치겠습니다.

지속가능한 영혼의 이용

1판 1쇄 인쇄 2022년 2월 23일
1판 1쇄 발행 2022년 3월 3일

지은이 마쓰다 아오코
옮긴이 권서경
펴낸이 김기옥

문학팀 김세화 | 마케팅 김주현
경영지원 고광현, 김형식, 임민진

표지디자인 곰곰사무소 | 본문디자인 고은주
표지 공예 작품 및 사진 Gloryhole Light Sales
인쇄·제본 (주)민언프린텍

펴낸곳 한스미디어(한즈미디어(주))
주소 (04037) 서울시 마포구 양화로 11길 13(서교동, 강원빌딩 5층)
전화 02-707-0337 | 팩스 02-707-0198 | 홈페이지 www.hansmedia.com
출판신고번호 제313-2003-227호 신고일자 2003년 6월 25일

ISBN 979-11-6007-781-0 (03830)

한스미디어 소설 카페 http://cafe.naver.com/ragno | 트위터 @hans_media
페이스북 www.facebook.com/hansmediabooks | 인스타그램 @hansmystery

책값은 뒤표지에 있습니다.
잘못 만들어진 책은 구입하신 서점에서 교환해드립니다.